Wie knippert is bang
voor de dood

Knud Romer

Wie knippert is bang voor de dood

Vertaald door Gerard Cruys

Amsterdam · Antwerpen
Em. Querido's Uitgeverij BV
2007

Deze uitgave is mede tot stand gekomen dankzij een subsidie
van het Danish Arts Council's Committee of Literature.

De vertaler ontving voor deze vertaling een werkbeurs
van het Fonds voor de Letteren.

Omslag Marjan Landman
Omslagbeeld en foto auteur Jan Søndergaard

ISBN 978 90 214 3319 6/NUR 302
www.querido.nl

Voor Andrea

Ik ben altijd bang voor mijn grootvader van moederskant geweest – niets anders dan bang. Ik kende hem uitsluitend als Papa Schneider. Hoe hij verder heette en wat zijn voornaam was, wist ik niet. Dat deed er ook niets toe, het zou nooit bij me opkomen hem bij zijn voornaam aan te spreken. Hij was niet iemand die je bij zijn voornaam noemde.

Papa Schneider had kilometers littekens op zijn gezicht, allemaal op de linkerwang. Het waren Mensurlittekens uit de vorige eeuw, hij was lid geweest van een Schlägerverein. Ze traden aan en verdedigden hun eer door met een sabel op elkaars gezichten in te hakken – zonder een spier te vertrekken, linkerarm op de rug.

Hij had zwartgrijs, achterovergekamd haar en een hoog voorhoofd. En er was niet meer voor nodig om hem uit te dagen dan hem in de ogen te zien: Sie haben mich fixiert, mein Herr. Zijn blik kende maar één richting: naar buiten toe. Ik weet niet of iemand die hem recht aankeek daar ooit goed van afgekomen is. Met uitzondering van oma. Dat was het grootse aan haar, dat zij de enige was die Papa Schneider in de ogen kon zien. Mijn moeder kon dat niet. Hij had een zwak voor haar, iets wat hij voor iedereen verborgen hield. De rest van hem was hard en ondoordringbaar.

Hij zwaaide de scepter aan het hoofd van de tafel

bij pa en ma thuis, waar zijn beeltenis aan de wand in de eetkamer hing. Het schilderij was goudomlijst en stelde een open plek in een boslandschap voor. Papa Schneider zat met een boek in het gras naast oma recht voor zich uit te kijken. Zij had een baby in haar armen. Mijn moeder was jong en hield hun jachthond, Bello, aan de lijn. Het boek, het kind en de hond. Daarmee waren de rollen verdeeld. Papa Schneider verbeeldde het spirituele en de cultuur, de vrouw zorgde voor het baren, en kinderen stonden dichter bij de natuur en waren als honden, die moesten worden afgericht.

Onder het eten zat ik kaarsrecht op mijn stoel, met beide handen op de tafel en het servet onder mijn kin, alsof Papa Schneider ook aan tafel zat en mij in de gaten hield. Als ik iets verkeerds deed en een aardappel in stukjes sneed met mijn mes of ongevraagd iets zei, stak hij een vork in mijn hand. Dat wist ik zeker.

Papa Schneider is de strengste persoon die ik ooit heb gekend, hij vertegenwoordigde alles wat streng en hard was of wat pijn deed. Hij was het bovenste knoopje in je overhemd. Hij was de tanden in de kam wanneer je natte haar werd gekamd. Hij stond voor schaafwonden en de angst om te laat te komen. Ik noemde hem niet bij zijn voornaam. Er was niemand die dat deed.

Ik geloof niet dat er überhaupt iemand was die wist hoe hij heette of die daarover nadacht. Mijn grootvader droeg het als een vreselijk geheim met zich mee, en hij zette alles op één kaart. Want als iemand hem op een dag bij zijn voornaam zou aanspreken, zou hij weten wie het was. Er was er maar één, afgezien van hemzelf, die zijn naam kende, en dat was God.

Mijn grootmoeder van moederskant explodeerde tijdens de oorlog in een kelder vol gezuiverde benzine. Zij heette Damaris Dora Renata Matthes en was voordien een van de mooiste vrouwen van Duitsland. Zij was mooi als een Grieks standbeeld, zei ma altijd. Wanneer we naar foto's van haar zaten te kijken, leken die op ansichtkaarten uit musea. Haar eerste man en grote liefde, Heinrich Voll, overleed tijdens een blindedarmoperatie en liet haar alleen met een dochter achter. 1924 was geen goed moment om alleenstaande moeder te zijn. Ze had het aan haar uiterlijk te danken dat ze hertrouwde met Papa Schneider.

Nu was zijn mooie vrouw aan diggelen gevlogen en verbrand. Wat er van haar over was leefde verder in een hel van oorlogschirurgie. Ze werd in elkaar geflanst met huidrafels en ingesmeerd met levertraan omdat de dokter het waanzinnige idee had gekregen dat dat de genezing van de wonden bevorderde en dat het goed was voor de huid om niet uit te drogen. Het was een marteling. Oma liep langs de oevers van de Elbe en wilde zich verdrinken van de pijn en schreeuwde aan één stuk door: 'Mein Gott, warum läßt du mich nicht sterben?' Ze deed twee zelfmoordpogingen, om de restanten van zichzelf naar de andere wereld te helpen, maar die waren niet klein te krijgen. Op het laatst hing ze een sluier voor haar gezicht, droeg de pijn en de schande met zich mee en ging door met leven als een onklaar geraakt ding.

Ik verwonderde me nooit over oma's uiterlijk, omdat ik haar niet met andere oma's vergeleek. Integendeel, ik vergeleek die andere oma's met háár. Ik vond dat ze er merkwaardig uitzagen met hun grote oren en grote neuzen. Als pa en ma mij meenamen naar het museum of als we met de klas op excursie waren in de Glyptotheek, het museum voor klassieke beeldhouwkunst in Kopenhagen, zag ik overal waar ik kwam oma zonder neus, zonder oren, zonder handen en zonder benen op de voetstukken staan. Voor mij was zij de klassieke schoonheid, en net als de standbeelden was haar gezicht verstard in een liploze glimlach.

Oma liet haar tranen snel de vrije loop, ze huilde als we haar bezochten, en ze huilde en wuifde met haar zakdoek als we wegreden in de auto. Telkens als er iets was wat haar ontroerde, feestdagen, sentimentele films, huilde ze en zei ze: 'Ich bin so gerührt.' 's Zomers zaten we buiten in de tuin en las ik voor uit Eichendorff en Keyserling of Robert Walser, romantische boeken. 'Ach wie schön,' zei ze wanneer het verhaal uit was. De tranen stroomden over haar wangen. Ik hield van mijn oma en voelde een grenzeloze genegenheid voor haar en zou de sterren uit de hemel plukken als ik dat kon. Op een dag deed ik het.

Ik fietste de vijftien kilometer naar de venen in het Hannenov-bos, het was al donker aan het worden tussen de bomen. Het water was zwart en griezelig, en toen kon ik ze opeens zien in het struikgewas: de glimwormen! Ik nam ze mee naar huis. Toen alles in gereedheid was zei ik tegen oma dat ze naar het raam moest komen om naar de tuin te kijken. Er lichtten glimwormen op in het donker, ze fonkelden op het grasveld als sterren en vormden een sterrenbeeld, Orion. We stonden er heel lang naar te kijken, de glimwormen kropen ervandoor en langzaam loste het sterrenbeeld op, werd zwakker en verdween. Ik keek naar oma en wachtte vol spanning af. Niets vond ik zo fijn als om haar te horen zeggen: 'Ich bin so gerührt.'

Het was typisch voor het optimisme van mijn grootvader van vaderskant dat hij een buslijndienst opende in een stadje dat te klein was en op een moment dat de mensen geen geld hadden. Het duurde niet lang voordat de nieuwigheid eraf was. De bus bleef leeg. Hij verplaatste de haltes, zette meer borden uit, veranderde de rijtijden en reduceerde het tarief, maar het mocht allemaal niet baten. Het ging gestaag bergafwaarts. Elke ochtend stond opa op en vernederde hij zich door achter het stuur te gaan zitten met zijn pet op en zonder één enkele passagier in het stadje rond te rijden.

Opa liet zich niet zomaar uit het veld slaan, en in plaats van te leren van zijn vergissingen had hij de neiging zijn inzet te redden door die te verdubbelen. Er was geen sprake van dat hij de zaak zou sluiten, integendeel, dit was het moment waarop er gehandeld moest worden. Hij breidde het wagenpark en de dienstregeling uit. En de route was niet langer veel te kort, die was te lang en had daarbij ook nog als eindstation een plek waar niemand naartoe wilde: het aan de Oostzee gelegen Marielyst.

Marielyst was het Las Vegas van mijn opa, en hij was de enige die erin geloofde dat dit het nieuwe Skagen annex kuuroord en vakantiecentrum was. De bezoekers zouden toestromen, uit Kopenhagen, uit Duitsland, en die moesten allemaal getransporteerd worden, wacht maar! Je had er niets anders dan failliete boerderijen en akkers met zanderige grond en winderige dijken en een enkele badsteiger bij het pension, dat het grootste gedeelte van het jaar leegstond. Opa's nieuwe grote busroute liep op niets uit.

'Vandaag komen ze,' zei hij, waarna hij de bus in de versnelling zette en richting Marielyst reed. En wanneer hij 's avonds thuiskwam zonder een kaartje te hebben verkocht, zei hij 'morgen'. Hij praatte zich warm tijdens het avondeten en bazelde over het natuurschoon en de gouden bergen en de buitenlandse badgasten die elk moment konden komen, terwijl vandaag veranderde in dit jaar en morgen veranderde in volgend jaar en het jaar daarna. Hoe minder er op tafel stond, des te meer hij praatte.

Af en toe waren er lichtpuntjes. Opa zag mensen staan bij een halte langs de provinciale weg en trapte op het gaspedaal, maar toen hij daar aankwam was het toch niets. Het hart zonk hem in de schoenen toen hij de eerste keer de deuren opende en zijn pet lichtte met een 'retourtje of enkeltje'. Ze reikten hem lachend een paar kratjes met kippen aan en zeiden: 'Een enkeltje.' Het werd een soort gratis vertier in de dorpen en boerderijen langs de route, vooral voor de kinderen, om langs de weg te gaan staan en de bus te laten stoppen. Ze moesten nooit ergens naartoe.

Van lieverlee stopte opa helemaal nergens meer. Hij reed uit routine en om toch iets te doen te hebben heen en weer. 's Avonds nam hij aan tafel plaats en liet een paar woorden vallen over de beweging van het buitenleven die in opmars was en elk moment haar beslag kon krijgen, maar hij geloofde er amper zelf nog in en wist niet waar hij het zoeken moest. Hij was niet in staat de schuldeisers van de deur te houden en zijn gezin te verzorgen. Ze leefden van de wind. En toen zei hij op een ochtend wat iedereen voortdurend had gezegd: 'Ze komen niet.' Daarna maakte hij een laatste rit met de bus.

Hij reed de provinciale weg op richting Gedser, door Væggerløse en voorbij het station, waar een jongeman bij de halte stond, zoals zo vaak tevoren. Opa stopte niet, waarom zou hij ook? Maar dit keer was het anders, de man holde luid roepend en met zijn hoed zwaaiend achter de bus aan. Hij wilde mee! Opa opende de deuren, de man stapte in en zei 'guten Tag', kocht een enkeltje en stapte uit bij het pension. Marielyst Oostzeebad, zei opa in het Duits, waarna hij hem 'einen guten Aufenthalt' toewenste. Hij had jarenlang geoefend. Nu hij het nodig had, was het natuurlijk te laat.

Het huilen stond opa nader dan het lachen. Hij keek naar de dijken met helmgras, het witte zand, de groene strook water en de blauwe hemel. Hij zag het strand bevolkt door duizenden toeristen, die baadden en in het zand speelden. De Oostzee liep over in zijn blik. Toen keerde hij de bus en reed terug naar het stadje om hem af te leveren. Dat was dat. Hij ging op de bank bij het spoor zitten. Hier bleef hij zitten om de treinen te volgen, die voorbijreden en zijn leven met zich meenamen. Het was zomer 1914. Carl Christian Johannes had het opgegeven.

Het eiland Falster lag eigenlijk onder het zeeoppervlak. Het bestond uitsluitend in het bewustzijn van de mensen omdat ze weigerden iets anders te geloven. Maar als ze zich niet langer overeind konden houden en gingen slapen, steeg het water stilletjes. Het spoelde over dijken, velden, bossen en stadjes en nam het land mee terug naar de Oostzee. Ik hield me wakker en zag het komen. Ik keek door het raam naar het zwarte water dat de tuin vulde. De vissen zwommen in het rond tussen de huizen en de bomen, en in de verte voer de hoofdplaats van Falster, Nykøbing, als een cruiseschip door de nacht. De hemel was bezaaid met zeesterren. Ik telde me in slaap. De volgende ochtend werd het eb. Het water zakte en trok zich terug, terwijl de mensen wakker werden in hun bedden en de zoveelste dag doorbrachten met elkaar ervan te overtuigen dat ze bestonden en dat Falster bestond, en dat alles op de landkaart stond. Het stadje rook naar zee en vis, in de straten lagen zeewier en gestrande kwallen, en af en toe vond ik een schelp of een versteende zee-egel, die ik in de la legde samen met mijn andere bewijzen van Atlantis.

Er was een gat in ons huis, en als je je oor er tegenaan legde, kwamen er stemmen en muziek uit. Het was de transistorradio. Die stond in de keuken en was vettig van de braadlucht, de antenne hing aan elkaar met tape. Mijn moeder luisterde er de hele dag naar als pa op kantoor was. Afgezien van mij was dit haar enige gezelschap. Ze deed de afwas met het verzoekplatenprogramma *U vraagt en wij draaien* op de achtergrond, kookte terwijl ze naar de hoorspelserie *Een kwartier met Karlsen* luisterde, poetste zilver bij het quizprogramma *Wanneer was dat ook alweer?* en stofzuigde tijdens het middagconcert met een cigarillo in haar mond en wodka in haar glas. Er werd Beethoven, Brahms en Tsjaikovski gespeeld bij het geluid van een

Nilfisk-stofzuiger, die door de muziek heen reed in een ritmisch gebrom met lange passages in de hal en korte, krachtige stoten in de eetkamer, waar het tapijt een extra beurtje kreeg. Als alles stil en schoon was, werd ik naar de garage gestuurd met de stofzuigerzak, waarna de hele muziek met gehoest, stemmen en klapsalvo's en al de vuilnisbak in vloog. Ik lichtte het deksel op en keek erin. Een paar maten van de Pastorale wisten te ontsnappen en stonken naar schimmel en gistende appels. Dan liet ik het deksel dichtvallen. Er was geen toon over, mijn vader moest niets van muziek hebben.

Af en toe werd het 's winters heel koud, dan wist ik dat de reis naar Duitsland ging. We moesten ernaartoe om op bezoek te gaan bij de stiefzuster van mijn moeder, tante Eva, en haar man, oom Helmut, en hun drie zoons, Axel, Rainer en Claus. Pa en ma pakten de auto met warme kleren, koffers en cadeaus, en ik verschanste me op de achterbank achter ma, die boterhammen voor onderweg had klaargemaakt. Pa controleerde een extra keer de voordeur, deed het tuinhekje dicht en wierp een laatste blik in de bagageruimte. Alles lag zoals het liggen moest. Hij wurmde zich achter het stuur met zijn hoed op en zijn autohandschoenen aan (hij had te lange benen om behoorlijk te kunnen zitten), corrigeerde de stand van het achteruitkijkspiegeltje en las de benzinemeter en de kilometerteller af. Die stond op exact 9 874,5 kilometer, zei hij, getal en tijdstip in zijn agenda noterend. We hadden een vertraging van twee minuten voor de veerpont. 'Pas, poen, papieren,' zeiden we in koor. En dan draaide pa het contactsleuteltje om, ma stak haar cigarillo op en zette de radio harder om naar de verkeersinformatie te luisteren. Daarop lieten we de Hans Ditlevsensgade achter ons en reden we de hoek om, ver terug in de tijd.

Bij de grenscontrole verstijfden we en leken we als twee druppels water op de foto's in onze paspoorten. Eén ogenblik lang glimlachten we in zwart-wit. Dan was het achter de rug en lag de snelweg voor ons open. Ma dronk belastingvrij uit de schroefdop, we lachten en zongen, en pa verzocht haar de radio wat zachter te zetten en maat te houden met de wodka. Nu niet meer! Twintig jaar geleden had ze omwille van mijn vader Duitsland verlaten. Ze zat met haar herinneringen naar de voorbijsuizende huizen, velden en boerderijen te kijken. Alles knipperde terug naar haar en beantwoordde haar blik. Ze las de plaatsnamen voor op de borden die we passeerden, stilletjes en voor zichzelf, en volgde de reis naar huis met haar wijsvinger in de Michelingids – Hamburg, Hannover, Göttingen, Frankfurt am Main – en die liep als een traan over de kaart en eindigde in Oberfranken.

Er doken steeds meer dennenbomen op langs de snelweg. De heuvels werden hoger en mondden uit in bergen. De sneeuw viel in zware, witte vlokken wanneer we afsloegen en het laatste, donkere stuk op de provinciale weg reden en in Münchberg aankwamen. Ma schudde me zachtjes heen en weer en fluisterde: 'Wir sind da.' Ik werd wakker te midden van honderden kilometers snoeppapier, keek door het raam en wreef de dauw eraf met mijn mouw. We reden door de traliepoort, de autolampen beschenen de inrit naar het grote huis. Het lag helemaal boven op de heuvel en leek op een burcht met toren, park en oude bomen. Hier woonden ze midden in het winterlandschap: de familie Hagenmüller.

Tante Eva en oom Helmut kwamen de hoofdtrap af gelopen en wuifden naar ons. De zoontjes stonden op een rij met hun korte, blonde haar en een scherpe vouw in hun broek. Ze bogen en groetten en gaven een hand, alsof ze waren opgewonden: 'Grüss Gott, Tante Hilde, Grüss Gott, Onkel Knut, Grüss dich, Vetter Knüdchen!' Tante Eva gaf me een spitse zoen op mijn wang en zei: 'Na, kleiner Knut, fröhliche Weihnachten.' Haar stem brak de kerstwensen doormidden in kleine, schelle stukjes. Ze begroette pa en wendde zich ten slotte tot ma en zei: 'Schau mal einer an, das Hildemäuschen.' Ma barstte uit in een 'Ach, Evamäuschen!' Vervolgens vielen ze in elkaars armen en haatten elkaar hartgrondig.

De enige van hen die ik mocht was oom Helmut, een kleine ronde man die voorovergebogen liep omdat hij pijn in zijn rug had. Zijn ogen en bril waren groen. Ik voelde dat hij dwars door me heen kon kijken en mijn skelet en mijn organen inspecteerde als hij me een kneepje in mijn wangen gaf en in mijn buik prikte om me op commando te laten lachen, zoals wanneer de dokter je verzoekt te hoesten. Ik lachte aan één stuk door en voelde de verkoudheid al de kop opsteken. Oom Helmut luisterde en dacht na. Dan stelde hij zijn diagnose en gaf me een snoepje uit zijn zak. Dat smaakte naar kamfer, en hij zei dat het bijna overal goed voor was. Daarna gingen we samen naar binnen.

Oom Helmut was röntgenarts. Hij bracht zijn dagen door met het nemen van foto's van de mensen, en vertelde hun daarna of ze zouden blijven leven of dat ze zouden sterven. Hij kwam naar huis voor de lunch en dronk een borrel, en dan ging hij terug om verder te fotograferen. De hele stad passeerde zijn kliniek: vreemden en kennissen, vrienden en familie. Vroeg of laat kwam iedereen aan de beurt. Dat vrat aan hem. Hij werd steeds bleker van de flits, die alle dingen in hun ware licht liet zien. Hij kreeg steeds meer pijn in zijn rug. Hij hoestte en kromp. Na het werk en het avondeten trok hij zich zwijgend terug, sjokte de trappen op met een fles wijn, deed de deur van zijn zolderkamer dicht en studeerde, zoals dat heette. Niemand wist wat, het waren de geheime wetenschappen.

Oom Helmut geloofde in geesten, en daar had hij alle reden toe. Hij was als zeventienjarige naar het oostfront gestuurd en marcheerde naar Stalingrad. Twee miljoen doden later marcheerde hij terug door de Russische winter en verloor drie tenen en zijn verstand. Hij zag hoe zijn voorouders in de hemel hem de hand boven het hoofd hielden en hem beschermden tegen de kogels en de kou. Hoewel hij levend terugkeerde, kwam hij nooit echt thuis. Hij leefde in het verleden met zijn gezin en ging met spoken om, die alleen hij kon zien. De hallucinatie van het leven van eertijds was het enige wat er van de oorlog overbleef.

In de loop der jaren verzamelde oom Helmut erfstukken en antiquiteiten en alles wat hij maar kon vinden dat van de familie was geweest. Hij zette het in hoeken en op commodes, hing het aan de wanden en richtte het huis in als een mausoleum voor de familie. Het stond vol met relikwieën van zijn grootouders, overgrootouders en betovergrootouders – tot het harnas toe, dat onder aan de trap stond en 's nachts door het huis rammelde, als oom Helmut slaapwandelde en verder marcheerde door de eeuwige winter. Toen zijn zoons hun belijdenis deden, gaf hij hun een zegelring cadeau die aan de familie toebehoorde. En hij gaf hun een plaatsje tussen portretten, harnassen en zilverwerk. Daar stonden ze dan, ze hadden geen kans om te ontsnappen. Hun lot was bezegeld met wapenschild en rode lak.

Ik was jaloers op hen en voelde dat mijn portie van de geschiedenis mij door de neus werd geboord. Toen zei oom Helmut op een van de dagen vóór Kerstmis dat ik na het avondeten op zijn kamer moest komen. Dan zou ik iets krijgen wat beter was dan een ring, zei hij met een knipoog. De tijd kroop voorbij, het duurde een eeuwigheid voordat ze klaar waren met eten. Het dessert liep uit en smolt op de borden voordat hij 'Mahlzeit' zei, zijn servet neerlegde, zijn stoel naar achteren schoof en van tafel ging. Hij nam zijn wijn mee, ging de trappen op en deed de deur achter zich dicht. Een seconde later stond ik er al. Mijn hart klopte aan, zo hard sloeg het. Ik ga dood, dacht ik toen oom Helmut opendeed en goedenavond zei.

Overal lagen stapels papier en boeken. De wanden waren met boekenkasten bedekt. Hij begon te vertellen over de dingen in de kamer: een samoeraizwaard dat hij had meegebracht uit Japan, Indiase gebedsklokjes, geweien aan de wand. Hij ging achter het bureau zitten, waar kerkboeken en oude foto's lagen. Hier zat hij 's nachts stambomen met steeds fantastischer vertakkingen te bestuderen en te tekenen, terwijl hij de fles soldaat maakte. Er hing een achter glas ingelijste krans boven het bureau die door een zwarte strik bijeen werd gehouden. Hij vertelde dat het een vlecht was die van zijn grootmoeder was geknipt bij haar overlijden in 1894. Die had in de huiskamer van zijn ouders gehangen ter nagedachtenis aan haar. Oom Helmut hoestte, zweeg een poosje en keek me in de ogen. Ik wist dat het nu kwam toen hij de lade opende.

In het Duitse leger bestond het begrip terugtrekking niet, zei hij, terwijl hij een stukje metaal op het bureau legde. Oom Helmut liet me het litteken op zijn onderarm zien en vertelde over de slag waarvan het afkomstig was, en over de terugtocht door Rusland. Wanneer ze nieuwe voorraden nodig hadden, moesten ze er een voorhoede op uitsturen om de ss te verslaan, die de depots tegen hun eigen soldaten verdedigde. Ze hielden net zo lang stand als de compagnie ervoor nodig had om langs de voorraden te rennen, terwijl ze voedsel, kleding en ammunitie in hun handen gestopt kregen. Toen vervolgden ze hun weg naar het westen, op de vlucht voor de ondergang. Oom Helmut zuchtte, deed zijn mouw naar beneden en overhandigde me het stukje metaal. Het was een stukje van een Russische handgranaat. Nu was het van mij.

Oom Helmut zat vol granaatsplinters, die op gezette tijden uit hem kwamen. Elke keer wanneer wij elkaar zagen gaf hij me een nieuw stukje en vertelde verder over de oorlog. Splinter voor splinter zette ik de verhalen in elkaar. Ze gingen over overleven, maar draaiden altijd op een lijk uit. Het enige wat hij kon doen was het zo lang mogelijk uitstellen. Soms bleef hij ergens hangen, hij verloor zich in details en beschreef een landschap of een uniformjasje, waarvan hij de knopen telde. Wanneer ik vroeg van wie het was, antwoordde hij dat de eigenaar was gesneuveld. Daarna gaf hij me de splinter. Toen was hij uitverteld voor deze keer.

Ik was eigenlijk de enige die om oom Helmut gaf. Of nee, mijn moeder hield van hem, en dat deed pa vermoedelijk ook, maar zijn vrouw en kinderen mochten hem niet. Het sterkste gevoel dat ze voor hem koesterden was angst. Er heerste een gedrukte stemming in het huis. Tante Eva was met hem getrouwd vanwege het geld en omdat hij een van de weinige mannen was met wie er te trouwen viel na de oorlog, en de zoons hingen rond als afgeranselde honden en praatten hem naar de mond. Alles aan hen was onnatuurlijk. Wanneer ze slijmerig een handje hielpen of braaf zaten te eten aan tafel, kon ik de tandraderen zien in hun bewegingen en ik was ervan overtuigd dat het mechanische poppen waren, die waren opgewonden door angst, oorvijgen en kamerarrest. Daarom bracht ik de meeste tijd in mijn eentje door.

Het was een bevrijding wanneer de kerst voorbij was en we naar huis konden. Ik wist niet hoe gauw ik weg moest komen van de spoken in dat koude huis, dat je al verkouden maakte op het moment dat je de deur binnen stapte. Pa en ma laadden de auto vol, waarna we afscheid namen en bedankten. We stelden ons voor het laatst op buiten op het terras. Het sneeuwde. Oom Helmut wuifde met zijn hand en verzocht ons dichter bij elkaar te gaan staan: tante Eva, Axel, Rainer en Claus, pa en ma en ik. Dan zeiden we *cheese*, waarna hij de camera voor zijn oog zette en de ontspanner indrukte. Ik zette het op een schreeuwen, maar het was al te laat. De foto was genomen, en ik wist dat oom Helmut daaraan kon zien wie van ons er dood zou gaan.

Het was elke keer hetzelfde liedje wanneer we de deur uit moesten om boodschappen te doen. Ma zuchtte, pakte de boodschappentas en trok haar bontjas aan. Die was geel met zwarte vlekken, een ocelot. Pa had gezegd dat het haar bodyguard was. Als iemand haar te na kwam, stelde ik me voor dat die door de ocelot zou worden opgevreten. Ma zette een bijpassende bontmuts op haar hoofd, dan nam ze mij bij de hand, glimlachte bedroefd en zei: 'So, Knüdchen, jetzt gehen wir einkaufen.' Waarna we de stoute schoenen aantrokken, diep ademhaalden en op pad gingen.

De bakker lag een paar straten verderop aan de Enighedsvej. Het werd stil op het moment dat wij binnenstapten. De mensen staarden ons aan en draaiden zich om. We stonden in een rij die alsmaar langer werd. Het werd nooit onze beurt. Ma zei 'neem me niet kwalijk' en tilde haar hand misschien even op om de aandacht op ons te vestigen, maar niemand reageerde. En op die manier ging het net zo lang door tot de verkoopsters het niet langer uithielden en giechelend blikken uitwisselden met de anderen in de winkel en aan ma vroegen wat ze wilde.

Ma vroeg om een witbrood, een grof roggebrood, een liter volle melk en een pakje boter. Ze was nerveus en sprak een gebroken Deens, waarna ze zure melk, ranzige boter en oud brood in de zakken stopten en haar te weinig wisselgeld teruggaven. Ma boog het hoofd en zei 'bedankt' en 'neem me niet kwalijk', waarna we ons naar buiten haastten en daar nooit meer kwamen. We sloegen de Grønsundsvej in naar slager Bengtsen op de hoek en naar Koffie Jeppesen in de Slotsgade. Het herhaalde zich in de ene winkel na de andere.

Ma en ik maakten onze dagelijkse ronde door een stadje dat ons de rug had toegekeerd. We zagen alles van achteren en kwamen uitsluitend mensen tegen die zich uit de voeten maakten en die een afwerend gebaar maakten wanneer ma zich tot hen wendde. Ze keken de andere kant op. De deuren waren dicht, de spullen waren uitverkocht en de stoelen waren bezet. En de dominee trok zijn hand terug na de kerstdienst. Wij waren de enige mensen in de wereld, ma hield mijn leven in haar handen en ik hield het hare in de mijne. Ik holde met kleine pasjes naast haar terwijl we samen naar de Grote Markt liepen en het hele stuk terug naar huis.

Het was een opluchting wanneer we de deur van het slot deden en weer veilig in de hal stonden. Ma hing de ocelot in de garderobe en we gingen naar de keuken om de inkopen op hun plaats te zetten. Dan schonk zij zichzelf een glas wodka in en ging naar de huiskamer, waar ze een plaat op de grammofoon legde. Ze stak een cigarillo op, leunde achterover op de bank en blies de rook uit. De rest van de middag vierde ze feest met zichzelf en luisterde naar Zarah Leander, Marlene Dietrich en Heinz Rühmann en al die andere schlagers uit de jaren dertig, terwijl ze aan Berlijn dacht.

Mijn moeder was blond en knap. Zij had het leven geleefd voordat de nazi's het van haar afpakten. Ze kwam in 1939 naar Berlijn om te studeren. Ze woonde daar in een chic huis voor jonge vrouwen, dat Victoria Studienanstalt heette. Je had er een park, een portier en kamermeisjes. De strenge huisregels waren er alleen om overtreden te worden. Overdag studeerde ze aan de universiteit en 's nachts vierde ze feest. Ze dronken champagne, dansten op Amerikaanse muziek en staken de draak met het standbeeld van Hitler, die een ijsemmer op zijn hoofd kreeg. Hoewel zij soms zes à zeven uur in de kelder zat tijdens de bomalarmen, gingen ze na afloop door met feestvieren en ze maakten zich niet druk over de oorlog, zei ze. Die was ver weg, het was iets waarover je in de krant las. Haar vriendin Inge Wolf had zelfs haar eindexamen gedaan in een wedloop met de oprukkende Russen.

Ik zag voor me hoe ma *Walzer* danste door de rokende ruïnes van Berlijn op de tonen van Zarah Leander, die 'Davon geht die Welt nicht unter' zong. En op de dag des oordeels stond Inge bij het schoolbord. Het was allemaal niet zo gevaarlijk. Ma wuifde het weg wanneer ze over de werkkampen vertelde waar je maatschappelijke dienstverlening moest doen om op de universiteit te komen. Dat heette Arbeitsdienst. Er waren vrouwelijke kampchefs met een gehaktballenkapsel en een bruine jurk aan die pure sadisten waren. Om zes uur 's morgens was er Fahnenappell, de vlag werd gehesen – Sieg Heil – en dan was er ochtendgymnastiek. Ze werkten bij de boeren in blauwe werkkleding, kapten bieten, leegden plees en mestten de wittekool daarmee. En 's avonds werden ze onderwezen in het nazisme, daarna kwam er wittekool op tafel en moesten ze naar bed. Ma speelde harmonica bij de gezamenlijke dans en maakte ruzie met de kampchefs, die haar haatten vanwege haar schoonheid, trots en rijkdom. Ze lieten haar de godganse dag rupsen plukken van de wittekool op de velden, en bij het ochtendappel klonk het: 'Hilde Voll, vortreten, du hast einen zersetzenden Geist, du hetzt das Lager auf!' Zo ging het van kamp tot kamp, en dat deed er ook niet toe, want waar het vooral op aankwam was koste wat het kost te vermijden dat je in de munitiefabriek kwam.

Ma zette een andere plaat op en speelde 'Das Fräulein Niemand'. Ze neuriede mee op de tekst: 'Das Fräulein Niemand liebt den Herrn Sowieso, Sie ist so glücklich in seiner Näh. Die beiden wohnen im Luftschloss Nirgendwo im Land der Träume am goldnen See.' Toen had ze het over haar jeugdvriend, Stichling. Zijn vader was hoofdcommissaris van politie in Kleinwanzleben. Hij had een loper bij zich; ze hadden op alle mogelijke plaatsen in de stad deuren weten open te krijgen. Oma hield van hem. Hij zat bij de cavalerie en werd pantserofficier. Ma werd stil en praatte er niet meer over. De plaat was voorbij. Dat was het laatste wat ik over hem hoorde.

Mijn moeder was een vrouw van de wereld die *in the middle of nowhere* was beland. In Nykøbing had ze meer verloren en ging ze meer te gronde dan ik ooit heb beseft. Na de oorlog verliet zij wat er over was van haar leven – haar familie en haar naam, haar land, haar taal – en ze verhuisde naar Denemarken omdat ze verliefd werd op mijn vader. Ze slikte de vernederingen en de minachting, nam de moffenhaat op de koop toe, hield van pa en noemde hem de zonnegod. Hij was haar alles en het enige wat ze had; er was niemand die met een Duitse wilde omgaan. Ma zuchtte en zei 'ach ja', zoals gewoonlijk, nam een haaltje van de cigarillo en leegde haar glas. Dan zette ze de *Dreigroschenoper* op. We zongen mee met 'Mackie Messer', 'Kanonen Song' en 'Seeräuber Jenny'. En wanneer die kwam bij de passage waar ze haar vragen wie er moeten sterven, antwoordden wij in koor: *Alle!*

Ik hoopte altijd dat het net als in het lied zou gaan, dat er een schip met vijftig kanonnen zou komen dat Nykøbing kapot zou bombarderen om ons te redden en mee te nemen naar een ver land. Wanneer ik in de haven was om te spelen, stond ik uit te kijken naar het schip en ik stelde me voor hoe het met volle zeilen kwam aanvaren over het brede water van de Guldborg Sund en het anker uitgooide. Dan werd de piratenvlag gehesen en begon het bombardement. Voordat de dag om was, lag de stad in puin. Het uur van de wraak was gekomen. Er werd een rechtszaak gehouden op de Grote Markt, waar ze te horen zouden krijgen wie mijn moeder was. En de buren, de verkoopster van de bakkerij, de slager, de groenteboer, de dominee en de kinderen zouden neerknielen en één hals hebben. We glimlachten naar elkaar, ma en ik. En dan zeiden we: 'Hopla.' Waarna de hoofden tot in het oneindige door-rolden.

Mijn grootmoeder van vaderskant heette Karen en had een breed, ernstig gezicht. Ze verloor haar moeder toen ze twaalf jaar was. Het werd te veel voor haar va-der om voor een meisje en twee opgeschoten jongens te zorgen terwijl hij zijn handen vol had aan de boerde-rij. Hij stuurde haar naar tante Bondo in Store Heddin-ge. Karen groeide op in haar manufacturenwinkel, het was een afdeling van het magazijn in Flensborg, vlak over de Duitse grens. Tante Bondo was oud en vergat gewoon dat Karen er was. Het grootste gedeelte van de tijd was ze aan zichzelf overgelaten. Ze miste haar vader en haar broers, verlangde naar haar moeder en had eigenlijk niemand. 's Middags zat ze in de winkel tussen ondergoed, jurken en rollen stof op de ware jakob te wachten, die haar zou komen ontvoeren. Ze droomde van romantiek in tule, vrijages in chiffon en eeuwige liefde in kant. Ze was verkocht op het moment dat Carl opdook. Dat was een lange, knappe jongeman, die over Canada vertelde en die beloofde haar mee te zullen nemen. Hij plande het allemaal tot in het kleinste detail. Toen kroop zij uit de stapel met tule, chiffon en kant tevoorschijn, zei ja en gaf hem haar eerste zoen.

Het was lente 1902 toen opa en oma zich verloofden. Toen vluchtten ze samen naar Kopenhagen zonder dat tante Bondo het ontdekte, of misschien kon het haar niets schelen. Ze trouwden in de Garnizoenskerk. Na Carls militaire dienst was Karen in verwachting. Ze keerden terug naar Falster en pachtten Hotel Orehoved. Dat lag vlak aan het brede water van Storstrømmen; opa had een uitzicht over het eilandje Masnedø, en verder weg over het grote eiland Seeland. Hij zag hoe de treinveerboot kwam aanvaren en hij mikte op het verkeer, omdat hij uit de kranten wist dat dat alsmaar toenam. Handel en toerisme waren de toekomst. Die zouden hen naar buiten voeren, hier vandaan, helemaal naar de overkant van de Atlantische Oceaan!

In het begin waren de klanten dun gezaaid, maar zo

was het altijd: het kostte tijd om bekend te worden. Opa verspreidde het gerucht naar beste vermogen en zette borden met pijlen op de weg, terwijl Karen op haar kind paste, schoonmaakte, eten kookte en een hotel runde zonder gasten. Ze legde nieuw beddengoed op de bedden, hoewel het oude niet was gebruikt en zette verse bloemen in de vazen voor niemand. En opa liet advertenties in de krant zetten waarin hij het hotel vijf sterren gaf. Hij beschreef de moderne faciliteiten en het comfort, prees het landschap, dat vlak en mistig was, en verzon bezienswaardigheden waar niets was wat de moeite waard was om te zien. En elke avond posteerde Karen zich achter de balie om alles gereed te maken voor de reizigers die nooit kwamen. De veerboot legde aan en het verkeer reed voorbij het hotel. Er was niemand die iets in Orehoved te zoeken had.

Na een paar seizoenen in een leeg hotel was het afgelopen met de romantiek. Ze besloten het dichter bij huis te zoeken en in plaats daarvan een herberg te runnen, diners en gezelschappen en misschien zelfs muziek en dans om de bevolking uit het achterland naar binnen te lokken. Dáár was behoefte aan! Er zouden etende gasten zijn voor de lunch en het gerecht van de dag, het menu van de week, de wijn van de maand en het garnituur van het seizoen. En opa huurde een dansorkest voor de zaterdagen en hing affiches op. Aan het eind van de week stonden tafels en stoelen onaangeroerd, Karen smeet de lunch, het gerecht van de dag, het menu van de week en het garnituur van het seizoen op de composthoop en opa stond in de deuropening met een rol kaartjes en de wijn van de maand.

Het orkest speelde en de lampen knipperden tot diep in de nacht. Er was geen kip, hij kon de tent net zo lief sluiten.

Opa stortte zich van het ene evenement in het andere. Ze organiseerden lezingen en discussieavonden, wijnproefavonden, piano en zang. En hoewel hij met zichzelf zat te discussiëren en voor de muziek klapte met Karen als enige toehoorder, hield hij vol dat succes een kwestie was van lang genoeg doorgaan. Wie het opgaf, verloor. Er was niets mis met het idee, maar met de uitvoering. Hij overwoog een in het hele land bekende politicus op bezoek te laten komen. Of misschien een beroemde cabaretier? Hij schreef brieven, wachtte op de post, schreef nog meer brieven en stelde Karen gerust wanneer het tijd was om naar bed te gaan. Hij zei dat het geluk hun elk moment kon toelachen. En op een dag gebeurde het.

Opa kwam met een brief aanhollen. Die was van een Kopenhaagse agent die kon bemiddelen bij contacten met sterren uit het theater en het cultuurleven. Al een week later had opa een afspraak gemaakt en stapte hij op de trein naar Kopenhagen. Karen en hij waren niet bij elkaar vandaan geweest sinds zijn soldatentijd.

Het leek een eeuwigheid voordat de deur weer openging en Carl binnenstapte. Hij straalde, wuifde met zijn hoed en riep: 'We zijn gered!' Hij haalde twee glazen en een fles met de wijn van de maand en vertelde over de rit naar Kopenhagen en de agent. Van nu af aan werd alles anders. Levende beelden, fluisterde hij, het glas heffend. We openen een bioscooptheater. Ze toostten en dronken, en oma barstte bijna in tranen uit omdat het te veel van het goede was. Ze wist dat het dit keer mis zou gaan.

Er was geen spoor van twijfel bij Carl, hij had het licht aanschouwd. Hij richtte een zaaltje in voor de vertoning, zette de stoelen in rijen en hing een doek op. Hij sprak met de pers, en op dinsdag 17 juli 1909 liet Lolland-Falsters *Folketidende* weten dat de provincie toestemming had verleend tot het runnen van een bioscooptheater op aanbeveling van de gemeenteraad. De volgende zaterdag om acht uur 's avonds zou Herberg Orehoved de deuren openen voor een filmvertoning. Met drankverkoop, muziek en dans na afloop. Opa zette alles op één kaart, en de mensen stroomden toe. Ze kwamen helemaal uit Vordingborg en Nørre Alslev, en de boeren kwamen over de akkers aangelopen met hun beste schoenen in een zak. Zelfs landgoedeigenaar Wilhjelm arriveerde uit Orenæs met een paard-en-wagen en nam plaats op de voorste rij naast gemeenteraadsleden en de dominee. Opa heette iedereen welkom, deed het plafondlicht uit en zette de projector in werking.

Het begon te flikkeren, het stof danste in de lichtkegel en de schimmen bewogen over het doek – goh, jeetje! Ze zagen een visser afscheid nemen van zijn gezin aan de kade en uitvaren met twee maten. Ze lijden schipbreuk in de storm en verdrinken. Zijn dode lichaam spoelt aan op het strand, er is een begrafenis, vrouw en kind staan vol verdriet bij het graf. En toen was er niets meer op de spoel. Het was doodstil in het lokaal, opa durfde haast het licht niet aan te doen. Het publiek zat als versteend voor zich uit te staren. Toen begon het stilletjes op de vijfde rij. Er was iemand die huilde en toen nog iemand en nog iemand die snikkend instortte. De dominee ging ernaartoe om haar te troosten en haar hand vast te houden. De mensen stonden op, liepen langs om te condoleren. De landgoedeigenaar en de voorzitter van het provinciebestuur reden haastig weg zonder dat opa er iets aan kon doen en hen kon tegenhouden om het misverstand uit de weg te ruimen. Dat was het einde van Hotel Orehoved.

De volgende dag hing de vlag halfstok in het stadje. De mensen waren in het zwart gekleed, praatten op gedempte toon en waren de rest van de week in de rouw. Op zondag was er een rouwdienst in de kerk, de klokken luidden, de kisten werden neergelaten in de aarde. Opa had het allang opgegeven om duidelijk te maken dat het maar een film was. Toen Karen en hij terugkwamen van het kerkhof en ze thuis aan tafel gingen zitten, vertelde zij dat ze zwanger was van hun tweede kind. Hij sloeg een glas achterover en antwoordde dat ze binnenkort zouden moeten verhuizen.

Het was niet de burgemeester die de dienst uitmaakte, ook niet de politie of de directeur van de Handels- en Industriebank of wie dan ook. Het waren de roeken. Die vlogen krijsend rond, hipten door de straten en zaten in groepjes bij elkaar op de daken ons in de gaten te houden. De roeken leegden de vuilnisbakken, plunderden de slachterij en dromden samen bij de haven wanneer de vissers binnenkwamen. In het voorjaar vlogen ze achter de zaaimachines aan en ze pikten de korrels net zo snel op als ze werden uitgestrooid. In het najaar teisterden ze de plantages en stalen ze fruit. Er was geen boom en geen lantaarnpaal zonder roeken. Niemand werd door die beesten met rust gelaten. Ze vraten alles op, en als je te lang stilstond, pikten ze in je haar.

Zij waren het eerste wat ik 's ochtends hoorde, lang voordat ik wakker werd, en het laatste wat ik hoorde wanneer ik naar bed ging. Ik lag te luisteren naar de roeken, die dichterbij kwamen en over het huis vlogen. Hun gekrijs vulde de lucht en ik had niets waarmee ik me kon verweren. Ik deed mijn best me vast te houden aan de kamer en aan het speelgoed en door een kinderliedje te zingen, maar het mocht niet baten. Ik viel bijna samen met het donker. De angst nam toe, tot hij over zijn oevers stroomde en doorbrak. En toen gebeurde er wat ik het meest vreesde: de roeken kwamen me halen.

Niemand begreep waarom ik schreeuwde wanneer ik naar bed moest. Het was een eindeloos gevecht. Ik stelde het zo lang mogelijk uit en probeerde het uit te leggen, maar er kwamen alleen maar schorre geluiden uit mijn mond. De volgende ochtend vlogen de roeken weg. Ik sloeg met mijn armen om me heen en stopte daar pas mee wanneer ma me zachtjes heen en weer schudde en zei: 'Knüdchen, aufwachen.' Ik was ziek en had koorts. Pa en ma keken in *Dr. Spock* en lazen over kinderziektes, maar konden er geen wijs uit worden. Ze lieten de dokter komen. Die verscheen met een zwarte tas (hij heette dokter Kongstad), legde een hand op mijn voorhoofd, keek in mijn keel en telde mijn hartslagen. Toen zei hij dat het kinkhoest was, hij schreef een recept uit, deed zijn tas dicht en ging weg. Ik slikte de pillen en kreeg appels en limonade. Ik deed zoals verwacht werd en zoals er op het etiket stond. Iedereen was het erover eens dat ik aan de beterende hand was toen het potje met pillen leeg was.

Van nu af aan wist ik dat het het beste was om te doen alsof. Toen ik op de kleuterschool kwam bij juffrouw Freuchen deed ik de anderen zo goed mogelijk na, ik lachte wanneer zij lachten en speelde het spelletje mee. Ik pikte niet alles, ik zong bijvoorbeeld niet mee met een lied dat 'Op een hoge tak zat een kraai' heette, maar ook mijn angst daarvoor verdween langzamerhand op school. Het deed me niets wanneer ik door het Westerbos fietste op weg naar het voetballen bij B 1921 (het welpenelftal) en ik ze hoorde schreeuwen in de bomen. Ik schoot mijn kleren aan (een blauw shirt, blauwe kousen en een witte broek) en speelde normaal en rende in het rond te midden van de roeken op het hobbelige veld. Je kon de wedstrijd volgen en op lange afstand heen en weer zien golven omdat de bal ze deed opvliegen.

Ze hielden zich op in het bos, waar ze hun nesten hadden. Het was een heksenketel van heb ik jou daar, de vogelpoep hing in lange stalactieten van de takken. Precies hier was de Falster City Camping gelegen: 'Een oase in het stadje met de vele mogelijkheden'. Er stond een ijskraampje, en de Duitse toeristen zaten voor de bungalowtenten en campingwagens te wanhopen. Ze waren naar de kindvriendelijke stranden, de idyllische natuur en het gezellige provinciestadje gelokt (zo stond het in de brochure) en de roekenkolonie was met geen woord genoemd.

Ze werden uit hun droomvakantie gewekt door het lawaai dat bij zonsopgang begon. Tegen de avond verzamelden de roeken zich in grote zwermen en vlogen ze over het stadje en terug naar het Westerbos. Dan kwam het allerergste: het regende vogelpoep. De winkels haalden hun waren naar binnen, het wasgoed werd van de lijn gehaald en de mensen wapenden zich met paraplu's en rubberlaarzen en holden door de blubber. De meesten hielden zich binnenshuis op en luisterden hoofdschuddend naar de kloddders die tegen de ruiten trommelden en alles vuilmaakten. De toeristen pakten hun biezen en vluchtten ver weg. En er waren er genoeg die hen nakeken en vurig wensten dat ze met hen mee konden gaan. Pas aan het eind van de dag waagde men zich weer op straat, waarna het leven zijn gangetje ging, hoewel iedereen wist dat het maar van korte duur was. Wij stelden niets voor, de roeken maakten de dienst uit in Nykøbing.

Ik was dol op het eten van mijn Duitse oma. Ze maakte Wienerschnitzel en Kalbsfleischgeschnetzeltes met Rösti, maar het beste was haar goulash. Ze stond in de keuken te kokkerellen met oude potten en grote messen, terwijl het spek en de uien in de pan lagen te spetteren. De lucht was vol van kruiden, paprika en kaneel, en van peper, die je aan het niezen bracht. De damp steeg op uit de pannen en verspreidde een geur die zijn weerga niet kende. Het was moeilijk om er met je vingers van af te blijven. Als het eindelijk tijd was en de goulash werd opgediend, explodeerde je wereld in smaakindrukken die alsmaar dieper gingen en niet ophielden. Het voelde aan alsof je op een verre reis was geweest en er jaren waren verstreken, als je met een gloeiend hoofd terugkeerde in de kamer. En dan nam je nog een hap.

Oma's goulash was onweerstaanbaar. Als je die geproefd had, wilde je meer hebben. En je bleef je bord schoonlikken. De enige manier waarop er een eind aan kwam, was dat oma stop zei, de pan oppakte en in de koelkast zette met een theedoek over het deksel. Daar stond hij, en ik dacht aan niets anders en kreeg steeds meer honger. Zodra ma de deur uit was en samen met oma boodschappen ging doen, holde ik naar de keuken om naar de pan in de koelkast te kijken. Er was een portie over, waar ik mijn vinger in stak. De goulash smaakte beter dan ooit en voerde me helemaal terug naar mijn overgrootmoeder Lydia Matthes, die honderd jaar geleden spek en uien in de pan bakte. Zij deed er paprika, gepureerde tomaten en knoflook in, en gember, jeneverbes en karwijzaad, en wanneer het gloeiend warm was, goot ze de rode wijn en de runderfond erin. Langzaam bouwde mijn overgrootmoeder de goulash op. Ze liet hem uren achtereen sudderen en kookte hem in, tot het vlees gaar was. Ze bewaarde een portie en gebruikte die als bouillon. Zo groeide de goulash in smaak en werd hij rijker met de jaren. Oma nam de pan over en deed net als zij: ze zorgde ervoor dat er altijd iets overbleef voor de volgende keer.

Het was een zwarte, zware ijzeren pan, die aan het einde van de oorlog bijna verloren was gegaan. Oma en Papa Schneider moesten vluchten uit Kleinwanzleben omdat de Russische troepen in aantocht waren. Ze slaagden er alleen maar in de schilderijen op te rollen, de wijn te begraven en de deuren op slot te doen. Toen werden ze geëvacueerd door de Amerikanen. Ze reden ervandoor in vrachtwagens met suikerbietenzaad, dat Papa Schneider kweekte en dat niet in de handen van

de communisten mocht vallen. Hij kon niets meenemen, afgezien van de spiegelreflexcamera, die hij onder zijn jas wist mee te smokkelen. De pan bleef achter met de bouillon, en ze zouden die hebben verloren
samen met al het andere, als ma er niet geweest was.

Ma had Berlijn in 1942 verlaten en was naar Oos-
tenrijk uitgeweken. Ze hadden heel lang niets van
haar gehoord. Oma was ziek van de zorgen omdat ze
niet wist of ze leefde of dood was. Ze verschool zich
voor de oorlog en de nazi's op een berg in Stiermar-
ken, waar ze in een klooster woonde en aardappels at.
Ze hield het een winter, een zomer en nog een winter
vol, terwijl ze wachtte tot alles voorbij was. In de laatste maanden van de oorlog was het haar duidelijk dat
de Elbe de scheidslijn uitmaakte. Kleinwanzleben lag
aan de verkeerde kant en werd door de Russen bezet.
Ze moesten daar als de wiedeweerga vandaan! Ze probeerde in contact te komen met haar familie en hen te
waarschuwen, maar het was te laat: alle lijnen waren
dood. Ma hield haar hart vast, en toen besloot ze hun
te hulp te komen en naar huis te reizen.

Ze stapte op de eerste de beste trein uit Graz. Niemand wist of die reed en al helemaal niet of hij zijn
bestemming zou bereiken. Het grootste gedeelte van
het spoorwegnet was ingestort, en wat er nog over was
werd onophoudelijk aangevallen. Ze reden een uur of
twee, dan remde de trein, waarna iedereen naar buiten
sprong en zich in de berm gooide. De vliegtuigen overvielen hen, beschoten de trein en smeten met bommen. En na afloop moesten ze weer instappen om snel
zo veel mogelijk kilometers verder te komen voordat
er nieuwe luchtaanvallen waren. Ze reden oostwaarts,

omdat daar rails waren. Dat was de verkeerde kant op, richting Praag. Ma stapte over en kreeg een trein die als eindstation de ergste plek op aarde had: Berlijn. Na een week was ze Hongarije en Tsjechoslowakije dwars doorgestoken en stapte ze op het Anhalter Bahnhof uit een wagon die vol gaten zat. Het enige waaraan ze dacht was hoe ze daarvandaan kon komen. Ze rende voor haar leven, greep haar kans en stapte op de laatste trein die erin slaagde de stad te verlaten. Achter haar vloog Berlijn in de lucht.

Het was een wonder dat ma levend in Magdeburg aankwam. Het was midden in het front, de Amerikaanse troepen stonden aan de ene kant, de Duitse aan de andere. Het regende bommen boven de stad. Het was vijf kilometer naar Kleinwanzleben. Ma stond op het punt van honger en uitputting te bezwijken. Ze stal een fiets en reed de provinciale weg op in een onweersbui van explosies. Aan het eind van haar krachten kwam ze aan bij het huis aan de Breite Weg. Ze holde de trappen op, de deur was op slot. Ze klopte op de ruiten, er was niemand, het was leeg. Ze kroop door het kelderraam naar binnen en riep hen. Het was duidelijk dat ze halsoverkop waren gevlucht. Ma hoopte het beste, ze kon zich niet langer op de been houden en liet zich in de keuken op een stoel neervallen. Toen moest ze opeens aan de goulash denken.

Ze opende de deur van de bijkeuken. De pan stond er zoals die een paar dagen tevoren was achtergelaten. Hij rook als Duizend-en-een-nacht en de Hof van Eden en lokte haar naderbij, voerde haar hand naar de lepel. Ze droomde al dat ze zich niet kon verweren en het enige deed wat ze wilde, namelijk eten – en ma legde

37

het deksel erop. Als zij nu zwichtte en het restje opat, was het voorbij en zou de kracht voor altijd verloren zijn. Hoewel de honger in haar raasde, nam ze de pan onder haar arm, zette die op de bagagedrager en fietste naar het Duitse leger toe om zich in veiligheid te brengen, haar familie te vinden en de pan aan haar oma terug te geven.

Zo gebeurde het dat oma kon doorgaan met het opdienen van een goulash die honderd jaar oud was, en die zoeter en sterker smaakte bij elke hap die ik naar binnen werkte. Ik was zo in beslag genomen door het eten dat ik niet hoorde hoe de deur openging. Ik schrok op toen ma opeens in de keuken stond en schreeuwde: 'Was tust du?!' Ze staarde met wilde ogen naar de lepel die ik in mijn hand hield. Ik had de pan uitgeschraapt, want ik wilde niets verloren laten gaan. Toen besefte ik wat ik had gedaan. Ik schrok me een ongeluk en schaamde me dood, maar er was niets aan te doen. Gedane zaken namen geen keer. Ik glimlachte verontschuldigend met goulash in mijn hele gezicht, keek naar ma en keek naar de lepel en hoopte innig dat ze me zou vergeven. Toen opende ik mijn mond om het laatste restje op te eten.

Mijn vader was flink uit de kluiten gewassen, hij was lang en mager. Als ik op zijn schouders klom, kon ik over de heg en helemaal naar de horizon kijken. Hij was te lang om in één keer te kunnen overzien, ik kende hem maar gedeeltelijk. Hij had een grote neus, grote oren en grote voeten, zijn schoenen werden op een scheepswerf gebouwd, zei hij. Waar we ook kwamen – in een restaurant, in de bioscoop – overal klaagde hij over gebrek aan beenruimte, en dan gingen we weer weg. Zijn armen reikten precies tot zijn handen, die ver weg waren en de dingen op een afstand hielden. Zijn voorhoofd groeide net zo snel als zijn haar, dat uitviel. En ma vond dat hij de knapste man ter wereld was.

Pa was de goedheid zelve en zijn gezicht straalde als een zonnetje. Hij rookte niet, hij dronk niet, hij ging vroeg naar bed en stond vroeg op. Ik hoorde nooit een vloek over zijn lippen komen. Hij kwam op tijd, deed nauwgezet zijn werk, betaalde zijn belasting en honderd meter voor een kruispunt met stoplichten minderde hij vaart, ook al stond het licht op groen. Wanneer we er aankwamen stond het op rood. Hij stond automatisch op als er een gezaghebbend persoon aan de lijn was, en duwde geen stekker in het contact zonder eerst de gebruiksaanwijzing te lezen. Hij was door en door correct, zijn geweten was schoon als zijn overhemd, zijn das was gestrikt, zijn schoenen waren gepoetst en zijn pak bleef uit zichzelf overeind staan.

Pa was verzekeringsagent, en elke dag verzekerde hij zich ervan dat er niets gebeurde. Om half zeven ging de wekker. Pa stond op, dronk zijn koffie, at zijn harde bolletje, gaf ma een afscheidszoen en reed vijftig jaar achtereen dezelfde weg naar zijn werk. Hij was in dienst bij de Deense Bouw Assurantie, die haar burelen op de Grote Markt had. Het eerste waar hij bij het binnenkomen naar vroeg, was: 'Is er wat gebeurd?' Dat was niet het geval. Pa haalde opgelucht adem, nam plaats achter het mahoniehouten bureau en ging door met het verzekeren van alles wat er op Falster te verzekeren viel. Hij zorgde voor de kerk en het raadhuis. Mensen, dieren, huizen, auto's en fietsen werden verzekerd tegen diefstal, brand, water, schimmel, storm en elk willekeurig ongeluk op aarde. Pa ging uit van het ergste, voorkwam schades, bestreed ongelukken en had geen rust voordat alles in zekerheid was. Hij zuchtte tevreden wanneer hij 's morgens de *Folketidende* opende en er niets in stond. De krant had net zo goed leeg kunnen zijn. Er gebeurde niet het minste of geringste, de dagen herhaalden zich zonder dat er een blad op de grond viel, en het leven stond van lieverlee stil.

Er kwam geen eind aan dit werk. Pa droeg de wereld op zijn schouders (er was altijd wel iets waarover je je zorgen kon maken) en zijn humeur steeg en daalde met de barometer, die aan de wand in de huiskamer hing. Hij legde zijn gezicht in ernstige plooien en tikte tegen het glas. Wanneer het mooi weer aangaf, lichtte zijn gezicht op, maar het duurde niet lang voordat hij er opnieuw tegen tikte terwijl hij aan lage druk, regen en blikseminslagen dacht. Hij sprak over de oktoberstorm van 1967 alsof het een Bijbelcitaat was. Er was brandgevaar in de zomer, hij hoopte dat die nat werd. En in de winter was hij bang voor vorstschade en sneeuw en hij wenste geen witte kerst. Hij zei 'ssst', hield zijn adem in en stak zijn wijsvinger op wanneer we bij het belangrijkste punt van het nieuws kwamen, namelijk de weersverwachting.

Pa kwam klokslag half een thuis om te lunchen; er stond warm eten op tafel. 's Avonds hoorde ik hoe de auto kwam aanrijden door de Hans Ditlevsensgade en in de garage tot stilstand kwam. Dan ging de voordeur open; pa zei 'hallo' en hing zijn hoed en jas in de garderobe. We haastten ons de keuken in naar ma, die stralend 'ach, Väterchen' zei, hem op de wang zoende en zielsveel van hem hield. We dekten de tafel in de eetkamer, waar alles zijn vaste plaats had en op systematische wijze op tafel stond: het porselein, de servetten, zout en peper, de vazen met bloemen. Pa had aan elke vinger een oog. Wanneer ik een la opende in de buffetkast om het bestek voor de dag te halen, was hij er als de kippen bij en vroeg: 'Wat wil je?' Hoofdschuddend vertelde hij wat je moest doen en op welke manier. 'De vorken liggen in de bovenste, middelste la, nee, niet daar, de middelste, helemaal achterin.' En zo ging dat door. Pa zette het werk in de verzekeringsmaatschappij voort wanneer hij thuis was en bemoeide zich met de kleinste details. Het was onmogelijk om iets goed te doen. En hij zette constant de staande klok gelijk, hoewel die niet verkeerd liep.

Alleen al je bewegen was de goden verzoeken. Hij zei 'voorzichtig' en hield je tegen voordat je op gang kwam, en als je hem iets vroeg – het deed er niet toe wat – antwoordde hij nee. Wat hij het ergste vond, was tocht. Hij riep 'Doc de deur dicht!' wanneer je die opendeed, en wanneer je hem achter je dichtdeed, verzocht hij je dat nog een keer te doen, dit keer behoorlijk. Pa vond altijd dat er iets op een kier stond. 'Het tocht,' zei hij, waarna hij alles naliep: hij controleerde de ramen en deed de gordijnen dicht, tot het laatste gat was gestopt en er niets was wat bewoog. De vloeren kraakten, de deuren knarsten, de wanden hadden oren, en ik was stil en paste op en deed wat hij zei. Ik keek uit naar de dag dat hij daarmee zou ophouden en de dingen op hun beloop zou laten, maar die dag kwam nooit.

Pa oefende een strikte controle op zijn omgeving uit. Als hij de andere kant opkeek, zou alles verdwijnen en onvindbaar blijven. Hij deed niets anders dan natrekken en zich ervan vergewissen dat de werkelijkheid bestond, en dat alles op zijn plaats was en op tijd gebeurde. Wanneer hij iets vertelde, constateerde hij het vanzelfsprekende – 'men zegt', 'men doet' – en drukte zich uit in voor de hand liggende waarheden. In zekere zin kon hij helemaal niet vertellen, alleen maar tellen, en als hij zijn verhaal deed, ging het over prijzen, boodschappenlijstjes en opsommingen van onze inboedel: de fruitschalen, de bronzen klok, de kleden en wat het allemaal had gekost. Het was een lang verhaal. Hij registreerde het leven in de meest letterlijke zin van het woord en drukte het uit in dingen en getallen en constateerde dat het bewolkt was, dat het al laat was en dat het helaas niet anders was. Daarna noteerde hij dat allemaal in zijn Mayland-agenda: tijd en plaats, inkomsten en uitgaven, benzineprijzen, aantal kilometers, tijdstip en temperaturen. Hij telde de dagen, telde ze op en glimlachte elke keer wanneer ze een jaar opleverden, waarna de agenda op de plank kwam te staan om samen met de andere agenda's verantwoording af te leggen van 1950 tot heden.

Pa paste de godganse dag en het hele jaar door op ons. Je had het gevoel dat alles in elkaar zou storten als hij het even wat kalmer aan deed. Na het avondeten begon hij van voren af aan; borstelde de kruimels van het tafellaken en legde het bestek terug in de buffetkast. Hij telde het en legde het in de lades. Dan nam hij de sleutel en legde die in de secretaire, waarna hij die ook op slot deed. Hij bracht alles in orde en borg alles op en deed uit wat aan was, en trok de stekkers uit de stopcontacten voor het geval dat er kortsluiting zou ontstaan. En voor alle zekerheid legde hij de zilveren kandelaar in de wasmand. Hij controleerde de radiatoren, die precies op 2½ moesten staan, ging naar buiten om de garagedeuren en het tuinhekje dicht te doen en deed de deuren op slot in het huis: de voordeur, de tuindeur, de kelderdeur en de deur die op de schuur en de garage uitkwam. Hij verstopte de sleutels en zorgde ervoor dat niemand kon inbreken. Wanneer hij klaar was met afsluiten en uitdoen en hij de boel had ingepakt voor vandaag, zoende hij ma en mij welterusten en ging naar bed. Hij nam sleutel numero één, stopte die in de zak van zijn pyjamajasje en trok met een gerust hart het dekbed over zich heen. Alles was in zekerheid. En dan doofde hij de lamp op het nachtkastje. Het laatste licht in het heelal ging uit.

Om de een of andere reden had ik voor boterhammen met ham gekozen. Die kreeg ik mee naar school, ik wilde niets anders hebben. Er was iets mis, dat merkte ik duidelijk. Ze begonnen te roddelen en me uit te lachen en schoven van me vandaan wanneer we in de eetpauze aan tafel zaten. Ik wist niet waarom en deed mijn best om me aan te passen, maar het werd steeds erger, tot er eindelijk iemand was die naar me wees en het ronduit zei. Het was de boterham met ham. Die was niet overlangs doorgesneden, met een korst aan elke helft, maar overdwars, met korsten aan beide kanten. Zo deden ze dat niet in Denemarken.

Ma sneed het brood zoals ze dat gewend was van Duitsland, en ik kon het niet over mijn hart verkrijgen het tegen haar te zeggen. Ik ging naar school met mijn verkeerde boterham en kauwde me door de eetpauze heen. Na een tijdje haalde ik hem niet eens meer uit mijn tas. Ik liet hem liggen en probeerde te doen alsof er niets aan de hand was. Na schooltijd fietste ik rond om een plek te vinden waar ik mijn lunchpakket kon droppen zonder ontdekt te worden.

Dat was niet zo gemakkelijk als je zou denken. Er waren te veel mensen, of juist te weinig. En ik wist zeker dat ze me door het raam zouden zien als ik het pakketje in de tuin gooide. Voortdurend kwam er iets tussen, en op het laatst smeet ik de boterhammen ergens in het struikgewas en reed ik ervandoor. Ik wist onmiddellijk dat ma hier langs zou komen en ze zou vinden. Daarom reed ik terug om ze weer op te pakken en mee naar huis te nemen.

Al in de garage kreeg ik het doodsbenauwd. Ik zette de fiets weg, holde de keldertrap op en riep dag tegen ma. Ze stond in de keuken terwijl ik breed glimlachend haar richting uit keek, bang om ontdekt te worden. Mijn slechte geweten brandde in mijn schooltas. Ik ging naar mijn kamer en opende voorzichtig de lade van mijn bureau. Dat was de enige plek die ik voor mezelf had die op slot kon. Ik hield mijn adem in, legde de boterhammen in de lade en deed die zo snel mogelijk dicht, waarna ik ma vanuit de huiskamer hoorde roepen: 'Knüdchen! Händewaschen, Essen!'

Ma hield me gezelschap met een cigarillo en een biertje terwijl ik aan tafel zat te eten. Ze was terneergedrukt en gespannen en bijna altijd verdrietig. Het enige wat haar op de been hield was haar wil. Ze trok zich terug in zichzelf en balde haar handen tot vuisten. Die leken op handgranaten, de knokkels lichtten wit op. Ik had mijn leven willen geven om haar blij te maken. Vaak nam ik haar hand en streelde die, en dan vertelde ik haar hoe mijn dag was verlopen. We hadden gevoetbald, ik was naar het bord geroepen, Susanne had een beugeltje gekregen en de tweelingen nodigden me uit voor hun verjaardag. En het was allemaal van a tot z gelogen. Want ik was de hele dag voor rotmof uitgemaakt, ik moest me verstoppen tijdens de speelkwartieren. Mijn boterhammen, mijn fiets en mijn kleren – alles werd belachelijk gemaakt. En zelfs haar naam maakten ze belachelijk. Ze riepen spottend 'Hildegard, Hildegard', zo kon je niet heten! Ik had het nooit over mijn hart verkregen het aan ma te vertellen en onderhield haar zo goed als ik kon. Zij keek me aan en opende langzaam haar hand. En ik legde daarin wat ik had, in de hoop dat het genoeg was.

Ma was alleen in een vreemd land en zo eenzaam als iemand maar kan worden. Van jongs af aan waren al haar dierbaren, de een na de ander, haar ontvallen. En niets kon haar troosten, zelfs de wodkafles in de keukenkast niet. Haar vader, Heinrich Voll, werd in 1924 met een blindedarmontsteking in het ziekenhuis opgenomen en stierf op de operatietafel. Hij was oogarts, een vriendelijk en opgewekt persoon. Oma en hij hadden oprecht van elkaar gehouden. Hun foto stond in een zilveren lijstje bij ons in de huiskamer. Oma was knap, Heinrich droeg een uniform, ze zaten op een helling over het dal uit te kijken. Toen de Eerste Wereldoorlog uitbrak, was hij in dienst als arts-officier, en wanneer hij met verlof was van het front, vertelde hij over het jonge vosje dat hij in een bos had gevonden. Toen het weer beter was, liet hij het lopen. Na de oorlog opende hij een privépraktijk in Halle an der Saale. Ma speelde in de kamers in hun aangrenzende woning en kwam bij hem langs wanneer hij geen patiënten had. Ze lachten veel en het was een gelukkige tijd geweest, maar van het ene moment op het andere werd haar hart uit haar lijf gerukt. Haar vader was overleden, zij was zes jaar oud. Het was het grootste ongeluk op aarde.

Ze zaten in de woning, oma en zij, en hadden niets om van te leven, afgezien van het pensioen dat de artsen hun hadden toegekend (misschien hadden ze een slecht geweten, het was een operatiefout): driehonderd Reichsmark per maand. Maar de inflatie slorpte het merendeel op, het geld was niets waard, en hoewel oma de spreekkamer verhuurde, en daarna steeds meer kamers, viel het tij niet te keren. Ten slotte hadden ze nog maar één kamertje voor zichzelf over en ze waren ten einde raad. Oma deed haar ring af en zwichtte voor Papa Schneider, die om haar hand had gevraagd. En op een dag kwam ze huilend thuis en vertelde dat ma voor enige tijd weg moest en bij zijn nicht in Biebrich zou gaan wonen.

Tante Gustschen leefde samen met haar zoon en diens vrouw en hun twee dochters in een stadje aan de rand van Wiesbaden. Het waren sektarische protestanten. Het enige wat hun interesseerde, was geroddel van de kerkenraad en de eeuwige oorlog met de katholieken en de aartsbisschop in Mainz. Hoewel ze wijngaarden aan de Rijn hadden, dronken en proefden ze de wijn nooit. Het was alsof we een begrafenisonderneming binnen stapten wanneer we eens per jaar bij hen op bezoek kwamen.

Ik herinner me haar zoon als een reus met opgetrokken schouders, die gebukt ging onder het geloof. Hij zat samen met zijn magere vrouw in de huiskamer met het lage plafond. Hun dochters droegen plooirokken en af en toe keken ze vanuit hun ooghoeken. Hun blikken schoten in het rond als mussen die kruimels van het tafellaken oppikten. We namen plaats aan de koffietafel, vouwden onze handen en baden het tafelgebed op de maat van de klok: 'Vater, segne diese Speise. Uns zur Kraft und dir zum Preise!' De religieuze waanzin sloeg uit, in de vorm van slingerende klimop en eeuwig groene planten en Jezus die aan de wand hing te huilen. En er hingen kruissteekborduursels met Bijbelcitaten in gotisch schrift en kruisbeelden. Pa verschoof zijn stoel, probeerde ruimte voor zijn benen te krijgen en deed zijn best om inschikkelijk te zijn. Ik keek ma's kant op, dacht aan alles wat zij hier had doorgemaakt en fluisterde 'satan' in plaats van 'amen'.

Het was een kille, donkere, vreugdeloze plek. Je kon je moeilijk voorstellen hoe het moest zijn om je vader te verliezen, afscheid te nemen van je moeder en hiernaartoe te komen met een koffer in 1926. Tante Gustschen had een knot in haar nek en een haarnetje en droeg zwarte, dichtgeknoopte jurken. Ze was nooit van haar leven jong geweest. Haar moeder was de dochter van een hoge kerkelijke functionaris uit Thüringen die bezeten was van de duivel (ze leed aan epilepsie) en tante Gustschen had van kindsbeen af de vreze des Heren leren kennen. Ze leidde haar leven op de rand van het graf met gevouwen handen en een kruis om haar hals. Ze aten oud brood, en hoewel ze welgesteld waren, waren ze spaarzaam en gooiden ze nooit iets weg, omdat vraatzucht een zonde was. Tante Gustschen drukte het minste of geringste teken van genoegen de kop in en ze vervolgde je laatste lust. Het was goedkoop om je op te tutten en laag-bij-de-gronds om te glimlachen, en lachen was al helemaal uit den boze.

Ma werd naar de zondagsschool gestuurd, waar ze met luizen besmet raakte. Haar lange blonde haar werd afgeknipt en haar kleren werden verruild voor een zwart, lelijk hemd, dat overal kriebelde. Ze kreeg een gebedenboek. Ze baden voortdurend en volgden het kerkelijk jaar op hun knieën. Er verliep een jaar met geboorte, dood en wederopstanding – en toen nog een. Ma verwachtte iets van oma te horen en kon maar niet begrijpen waarom die haar niet allang was komen halen. Ze was ervan overtuigd dat haar brieven niet waren bezorgd, dat ze ergens waren verstopt. Ze droomde ervan om te vluchten en huilde zich in slaap zonder een kik te geven om tante Gustschen niet wakker te maken, die naast haar in bed met open ogen lag te snurken.

Ma had zich door de hele wereld vergeten gevoeld toen er eindelijk bericht kwam. Het was alsof er een deksel van een kist werd gehaald en het licht naar binnen stroomde. Ze moest naar Kleinwanzleben om weer samen met haar moeder te zijn en bij haar stiefvader te wonen! Ze had Papa Schneider nog nooit ontmoet. Ze pakte haar koffer en stapte op de trein. Onderweg stak ze haar hoofd door het raam en genoot van de lucht en de vaart. Met honderd kilometer per uur snelde ze haar moeder tegemoet. Bij het station werd ze afgehaald door een dienstmeisje. Ze liepen samen door de straten en de provinciale weg op, tot ze bij het landgoed aankwamen. Het was omgeven door akkers en had lange, rode vleugels en zwart vakwerk, spitse daken op de torens. En de grootste daarvan was voorzien van een uurwerk. Ze liepen over de binnenplaats en belden aan. Papa Schneider deed open. Ma verzamelde al haar moed en glimlachte zo goed als ze kon. Toen stak ze haar hand uit naar een wildvreemde en zei: 'Guten Tag, Vati.'

In 1910 verlieten mijn grootouders van vaderskant Hotel Orehoved en ze verhuisden naar het fraaiste adres in Nykøbing. Er stond 'Bellevue' in gouden letters, het huis had drie verdiepingen met op het dak een uitzichttoren van groen hout en koper. Oma viel bijna in zwijm toen Carl de sleutels voor de dag haalde en de deur van het slot deed. Ze liepen door kamers waar geen eind aan kwam. Het plafond was hoger dan de hemel. Karen wilde alleen maar zo snel mogelijk weer naar buiten, maar opa zei dat ze zich geen zorgen hoefde te maken. Hij was van plan een vervoersbedrijf te openen, en dat zou geld in het laatje brengen voor het huis en de kinderen en nog veel meer! Het ging erom vaart achter de ontwikkeling te zetten. Wacht maar, nog even en Kopenhagen en Berlijn waren in een vogelvluchtlijn met elkaar verbonden, met Nykøbing precies op de juiste plaats, als het nieuwe centrum van handel en toerisme. Karen zei niets, pakte de spullen uit en hing de keukenklok aan de wand.

Een paar jaar later was hij failliet.

Ze staken tot over hun oren in de schulden. Opa had alle hoop laten varen, hij zat op de bank bij de spoorweg naar de passerende treinen te kijken. Hij liep stil voor zich uit starend rond en wilde met niemand praten. Hij trok zich terug in zijn kantoor en zat in het donker te koekeloeren met dichte gordijnen. Ondertussen groeide zijn baard, hij kreeg lang haar en lange nagels. Hij waste zich niet en at niets. Dat ging zo door tot opa de bodem bereikte en dood was voor de wereld. Toen maakte hij schoon schip, schudde de sores van zich af en begon met een schone lei. Alles was uitvoerbaar en niets was onmogelijk!

Na de bussen kwam er een schoenenwinkel in de Frisegade, die op de fles ging. Het Parijse schoeisel was ongeschikt als je onkruid moest wieden tussen de bieten. Ze stonden te lachen om de modellen in de etalage. Er kwamen zo zelden klanten dat hij, wanneer de winkelbel rinkelde, opschrok en vroeg wat ze wilden. Toen las hij in de krant over KTAS, de Kopenhaagse telefoonmaatschappij met meer dan vijftigduizend abonnees. Hij vatte het plan op om telefoons te verkopen aan al zijn kennissen, ook aan al de buren van die kennissen. Hij bleef met honderden apparaten zitten en er was niemand naar wie hij kon bellen. Hij ging weer op het bankje langs de spoorlijn zitten en trok zich terug in zichzelf, maar het duurde niet lang voordat hij de zaak weer opende en het met motorfietsen probeerde: Nimbus! Er was flitslicht, opa maakte weidse armbewegingen en glimlachte naar de pers, die ter plekke was en hem fotografeerde in een stralend humeur en met feestelijke vlaggetjes, de start van de volgende mislukking.

Je kon zijn debacles door de jaren heen volgen in de plaatselijke krant, en hoe hopelozer de feitelijke toestand was, hoe fantastischer plannen opa verzon. Hij kocht op afbetaling, hield de schuldeisers met verhalen aan het lijntje en diste het ene excuus na het andere op. Hoe slechter de zaken ervoor stonden, des te fraaier deed hij ze voorkomen. De opbrengst van aandelen in Canada! Een voorschot op de erfenis van een verre oom en borgstellers van wie de handtekeningen moesten zijn zoekgeraakt in de post. En hij had zojuist met de advocaat gesproken, die een van de komende dagen persoonlijk met hen contact zou opnemen! Opa kon het mooi vertellen en hield een wedloop met het noodlot en mikte op de toekomst. Die moest vroeg of laat naar Nykøbing komen, ook al was ze nog lang niet in zicht. Hij sloot zijn ogen en smeekte de hogere machten om hulp: nu moest zijn beurt komen, voordat het te laat was.

Aan Karen de taak om voor het dagelijkse reilen en zeilen van het gezin te zorgen. Ze had twee kinderen onder haar hoede, daarna drie en ten slotte vier: Leif, mijn vader, Ib en de kleine Annelise. Ze deed haar uiterste best om voor eten op tafel en kleren aan hun lijf te zorgen. Ze nam er een schoonmaakbaan bij en plukte 's zomers aardbeien voor stukloon. Ze bakte brood, kweekte groenten en noemde de soep elke avond iets nieuws: uiensoep, aardappelsoep, heldere soep met eieren. Opa vroeg of er cognac in zat, en dat was zo. Ze wist zo'n feestmaal van de soep te maken dat die op het laatst louter naar goede wil en liefde smaakte. Ze moest passen en meten, breien en naaien en wist van niets iets te maken. Maar intussen werden hun spullen verkocht. En wanneer haar dagtaak er eindelijk op zat, legde ze de kinderen in bed en zoende ze ze welterusten met een leugentje om bestwil.

Ze leefden van de lucht. Niemand ontdekte hoe beroerd het ervoor stond, afgezien van pa. Hij werd langer en magerder, groeide uit zijn kleren en wist waar de schoen wrong. En toen het Kerstmis werd, wist hij best dat de cadeaus niets anders waren dan babbeltjes en inpakpapier. Hij deed wat hij kon om thuis mee te helpen en haalde goede cijfers op school. Na negen jaar op de schoolbanken vond hij het welletjes, en hij kreeg een aanstelling als leerling bij de Spaarbank. Hij zorgde voor Leif, die bottuberculose had en het ziekenhuis in en uit strompelde. Hij betaalde danslessen voor Annelise en het schoolgeld voor zijn broertje Ib, die spijbelde, stal en rookte. Als er iemand was die Leif pestte omdat hij invalide was, schold pa ze uit en dreigde hij met de politie. Dan kregen ze op hun donder van Ib, en die sloeg te veel en te lang en gedroeg zich steeds crimineler. Annelise maakte zich op en ging uit. Pa haalde haar 's nachts uit het café, de Friserkro, vandaan. Hij stond 's morgens op om Ib, die met de verkeerde mensen in de grindgroeve rondhing en die aan de drank was, met zijn huiswerk te helpen. En na zijn werk nam pa zijn tas onder zijn arm en ging naar de avondschool, waar hij boekhouding, stenografie en Duits leerde, zijn hand opstak en met het juiste antwoord kwam.

Het was de gelukkigste dag in het leven van mijn vader toen hij in 1934 een aanstelling kreeg bij de Deense Bouw Assurantie. Hij vertelde het verhaal keer op

keer bij elke gelegenheid die zich voordeed. De adver-
tentie in de krant en directeur Damgård, die hem ver-
welkomde in de burelen aan de Grote Markt. Hij was
een groot man die de zaak vanaf de grond had opgebouwd met drie employés: juffrouw Slot, Max Chris-
tensen, de kassier, en Henry Mayland, zijn schoonzoon. De klanten waren herverzekerd en spaarden
twee kroon als ze een polis voor een periode van tien
jaar tekenden. Dat soort dingen zou vandaag de dag
niet kunnen! Ik hoorde het pa duizend keer en nog vaker vertellen. Hij straalde wanneer hij aanbelandde bij
het moment dat directeur Damgård bij hem op kantoor langskwam (het was laat op de avond, hij werkte
over) en hem vroeg hoe hij tegen bridge aankeek. Pa
had leren bridgen van de oude dames in het stadje, bij
wie hij graag op bezoek kwam om een praatje te maken. Dus hij sprong in als vierde man, kaartte met het
bestuur, dronk koffie en cognac, wees een aangeboden
sigaar vriendelijk af en werd tot procuratiehouder be-
vorderd. Damgård had hem altijd gemogen, zei pa terwijl hij glimlachte bij het idee. En toen begon hij van
voren af aan met het verhaal. Hij vertelde het steeds
weer opnieuw, als een evangelie dat licht verspreidde
in een donkere tijd.

Tijdens de crisisjaren was het onmogelijk om een
baan te krijgen. Leif was naar een sanatorium in Jut-
land gestuurd en de rekeningen stroomden binnen.
Ib werd van school gestuurd en maakte zich op elke
praktijkleerplaats onmogelijk. Hij hing de bink uit,
droeg een hoed en een broek met wijde pijpen en had
mcer geld dan pa. Hoewel pa daarmee een risico nam
(en dat was niets voor hem) werd Ib door zijn toedoen

aangesteld als leerling bij de Deense Bouw Assurantie, zodat hij hem in het oog kon houden. Dat ging goed in het begin, en toen ging het te goed om waar te zijn. Ib wist zijn charmes te gebruiken, praatte snel en beloofde meer dan hij waar kon maken. Ze kregen meer klanten dan ooit, maar het was fraude: hij leende uit de kassa, frequenteerde restaurants, hing de mooie meneer uit en gaf rondjes aan iedereen. Het was een schandaal, en het was pa's taak om alles glad te strijken en excuses aan te bieden bij het bestuur en directeur Damgård (het zou allemaal wel weer goed komen) en hij bracht de boekhouding in orde en wist de klanten binnen te halen. Toen nam hij Ib flink onder handen. Die moest niet denken dat hij de boel kon komen verkwanselen en hem kon beroven van het kleine beetje dat hij had bereikt. Als hij dat maar wist!

Pa sprak met de bank en met advocaat Victor Larsen en kocht een flat voor zichzelf, de tweede verdieping in de Nybrogade 9. Er was een balkonnetje en alles was zoals het wezen moest: eetkamer, huiskamer, slaapkamer en keuken. En om het allemaal te kunnen bekostigen ging hij naar een veiling, waar hij wachtte op het laagste bod. Hij kocht een eettafel met vier stoelen van mahonie, een leunstoel van echt leer, kleden en schilderijen, die hij ophing in gouden lijsten: een landweg met knotwilgen, een haven met vissersboten, een boslandschap. Hij deed een goede slag met de aanschaf van de vleugel. Hij kon niet spelen, maar dat gaf niet. Pa zette er voor de sier zelfs bladmuziek op, die een keer per week door de schoonmaakster werd omgeslagen. Pa maakte het zich gemakkelijk in de leunstoel en las Duits en Engels, hoofdzakelijk woordenboeken en grammatica's. Hij gaf zich op bij het mannenkoor Brage en ging op excursie naar Pomlenakke en zong 'Wat is het bos toch fris en groen'. 's Middags kon je hem over de Grote Markt zien lopen met gebak van banketbakker Jensen in zijn hand: twee slagroomtaartjes. Hij legde visites af en ging op bezoek bij dames, ook bij de getrouwde, maar een paar kopjes koffie later was hij alweer op weg naar huis. Van vrouwen moest hij niets hebben. Hij had zijn moeder, die het eten kookte waar hij van hield en die zijn kleren waste. Dat was meer dan genoeg vrouw voor hem. Pa gaf er de voorkeur aan met rust gelaten te worden. Het was de kroon op zijn werk toen hij lid werd van de vrijmetselaars. Hij kocht een hoge hoed en een rokkostuum en begaf zich naar de logebijeenkomsten op woensdagavond. Langzaam steeg hij in rang. Hij groette de notabelen van de stad en maakte carrière, centimeter na centimeter.

Pa baseerde zijn bestaan op wat voor hem de hoogste prioriteit had: zekerheid. Hij richtte een woning in waar alles in orde was, terwijl de wereld om hem heen verbrokkelde. Ib moest voor de rechter verschijnen en Annelise ging er met een man vandoor. Pa zorgde overal voor, hij knapte altijd alles op. Hij was getuige voor Ib, die er goedkoop vanaf kwam en een voorwaardelijke straf kreeg, en regelde een leerplaats voor Leif bij Balling & Zoon, een firma in huiden, vachten en leer. Hij verpleegde zijn moeder, die gewrichtsreuma had gekregen (geen enkele behandeling had effect) en hielp zijn vader, die steeds wanhopiger werd en de straat niet op durfde uit angst voor onbetaalde rekeningen. Ze moesten verhuizen en Bellevue opgeven, dat zo zoetjesaan drie- tot vierdubbel was gehypothe-keerd. Pa zat tot diep in de nacht de papieren door te nemen, terwijl opa zich de haren uit het hoofd rukte en bazelde over handel, transport, toerisme en de vo-gelvluchtlijn. Er was niets aan te doen, hij kon het net zo goed opgeven – het was een gelopen race – en opa rende de trappen op en af om te zien waar de vooruit-gang bleef. Nu kon het niet lang meer duren voordat die er was! Maar de vooruitgang liet almaar op zich wachten. Karen haalde de keukenklok van de wand, de verhuisdozen stonden klaar om te worden gehaald. Er zat niets in, alles was verloren. En toen kwam hij uiteindelijk toch. Het was het ergste wat er ooit was gebeurd.

Het was de ochtend van de negende april. Pa en zijn jongere broer Ib liepen langs de Vesterskovvej. Ibs pak zag er altijd verfomfaaid uit, hoewel het net was ge-streken, en overal werd geroepen: 'De Duitsers ko-men, de Duitsers komen!' Ze keken naar de hemel en zagen hoe de gevechtssquadrons in noordelijke rich-ting over het stadje vlogen. Ib gooide ernaar met een steen en vroeg: 'Wat doen we nou?' Pa antwoordde: 'We gaan naar ons werk. Wat anders?' Wanneer er iets mis was, deed hij alsof er niets aan de hand was. In de regel ging dat hem goed af. En pa had zich voorgeno-men de Tweede Wereldoorlog te negeren en die van-zelf voorbij te laten gaan.

De mensen hadden zich verzameld op de Grote Markt, ook het kantoorpersoneel. Ze stonden te pra-ten, en directeur Damgård vertelde dat er troepen aan land waren gezet. Men zei dat ze op dit moment van-uit Gedser op weg hierheen waren, ze hadden vannacht de veerboot vanuit Warnemünde genomen. 'Het zou me verdomme niet verbazen als ze ook nog een kaartje hebben gekocht,' zei Ib lachend. Pa vond het vreselijk gênant dat Ib zich ermee bemoeide en wilde hem het zwijgen opleggen, maar die deed net of zijn neus bloedde en zei dat ze de veerboten allang hadden moeten laten zinken. Het moest een makkie voor de Duitsers zijn geweest om de haven te vinden, ze konden toch verdomme gewoon de vuurtoren volgen? Waarom had niemand eraan gedacht het vuurtorenlicht te doven? 'Ib!' riep pa, en hij maakte aanstalten het te vergoelijken tegenover Damgård en de anderen, maar er was niemand die iets zei. Er viel ook niets te zeggen. Ib had gelijk en dat wisten ze.

De noord-zuidweg die over Falster liep, was jarenlang in reparatie geweest. Er was niemand die er wat aan deed en de gemeentekas was leeg. Maar vier dagen eerder waren de gaten eindelijk gedicht. De weg was klaar voor gebruik. Het enige bombardement waarmee de invasietroepen te maken kregen op hun tocht door Gedesby, Bruserup en Marrebæk waren bordjes met 'Zimmer Frei' en 'Aardappels te koop'. De winkeliers aan de Grote Markt bediscussieerden of ze rolluiken voor de ramen zouden doen of dat ze hun waren zouden etaleren met prijzen in Reichsmark. Het was bijna negen uur, het kon nu niet lang meer duren voordat ze in Nykøbing waren. Er was een Duitser in Væggerløse gesignaleerd en nog een paar in Hasselø en het Lindenbos, ze kwamen eraan via de Østergade, de Nygade en de Jernbanegade. En toen haalde de werkelijkheid het gerucht in. Er verschenen soldaten die in colonnes langs de huismuren liepen en beide kanten van de straat vulden met geheven geweren. Het was doodstil, er was geen geluid te horen. Pa, Ib en de rest van de menigte stonden met open mond toe te kijken. Ze geloofden hun eigen ogen niet, hielden hun adem in en wachtten op de intocht, die naderbij kwam als een donderbui, steeds luider, tot hij vlak om de hoek was. Hier kwam het Duitse leger!

Ze marcheerden dwars door het stadje – infanteristen met geweren, rugzakken en helmen – en stampten verder in een eindeloze rij uniformen terwijl ze recht voor zich uit keken. Helemaal achteraan reden de paard-en-wagens met brood en verder niets, geen tanks, geen jeeps, geen enkel gemotoriseerd voertuig. De smid van de suikerfabriek kon zich niet bedwingen: toen de laatste wagen voorbijrammelde, lichtte hij zijn pet en vroeg of het brood voor de paarden was. De soldaat schudde het hoofd en zei: 'Nein, für uns.' Toen vervolgden ze hun weg door de Langgade en sloegen rechtsaf bij Rosenvænget. Na twintig minuten verschenen de troepen in de maat marcherend weer in de Kongensgade. En toen liepen ze in een kringetje.

Nykøbing was een toeristenvalkuil, de straten hadden eenrichtingsverkeer en liepen dood. Het was onmogelijk om eruit te komen, en de Duitsers verdwaalden. De opperbevelhebber rukte de kaart uit de handen van een wanhopige commandant en riep 'Himmikruzifixherrgottsakrament!' zonder dat het iets hielp. De invasie was voorbij voordat ze was begonnen, als pa er niet was geweest. Hij stak zijn hand op en zei: 'Entschuldigen Sie bitte.' Eindelijk kon hij zijn Duits gebruiken: 'Kann ich Ihnen behilflich sein?' De mensen staarden hem aan alsof hij krankzinnig was geworden en ter plekke zou worden doodgeschoten, maar pa liep voorzichtig naar hen toe en wees naar de kaart. Ze moesten rechts afslaan bij Bjørnebrønden en Zarens Hus en voorbij Hollands Gård en dan door de Slotsgade naar de Gåbensvej, en niet de afslag naar Kraghave nemen, maar doorlopen naar Systofte en Tingsted en zo voorts via hoofdweg 2 door Eskilstrup, Nørre Alslev en Gåbense naar de Storstrømsbrug. Hiervandaan ging het rechttoe rechtaan naar Kopenhagen. Pa wenste hun 'gute Reise' en ze zwaaiden allemaal op de Grote Markt, toen de laatste soldaat aan de horizon verdween. Je kon aan de zingende lijsters horen hoe stil het was geworden. Alles ademde vrede.

De Duitsers legden de veertig kilometer van Gedser naar Masnedsund op hun dooie gemak af, zonder dat de garnizoenen in Vordingborg en Næstved werden gealarmeerd. Het klinkt ongelooflijk, maar de grote brug over het brede water van Storstrømmen was drie jaar eerder voor de gelegenheid gebouwd. Niemand kwam op het idee die op te blazen. Er waren twee dienstplichtige mariniers in het fort op het eilandje Masnedø, en die hadden geen verstand van kanonnen. Duitse parachutisten hadden de brug zonder strijd weten te bemachtigen. Op de stations in Nykøbing en later in Vordingborg kregen de telegrafisten lucht van de oprukkende Duitsers en belden naar het hoofdkantoor in Kopenhagen om te vragen of ze het leger moesten verwittigen. Ze kregen te horen dat ze zich met hun eigen zaken moesten bemoeien. En dat deden ze. Dat was ook wat mijn vader zich had voorgenomen te doen, en de rest van Nykøbing met hem.

De Tweede Wereldoorlog ging dwars door het stadje heen en kwam er aan de andere kant uit als een kogel die niets raakte en geen schade aanrichtte, omdat hij niet op weerstand stuitte. Ze lieten het aan de anderen over de moed en de kracht op te brengen om de Duitsers in de weg te staan. Het ging precies zoals mijn vader het wilde hebben, hij kon zijn dagelijkse bezigheden op kantoor hervatten, op tournee gaan met het zangkoor en de logebijeenkomsten bezoeken op woensdag, alsof er niets was gebeurd. Hij haalde opgelucht adem en wendde zich tot Ib met de woorden: 'Zo, zullen we naar ons werk gaan?' Maar Ib was weg.

Het was zomer, het piepte in de heg. De koolmeesjes vlogen af en aan. Pa, ma en ik zaten te lunchen op de veranda. Een eind verderop snorde een grasmaaimachine. Op de weg sprongen de meisjes elastiek en touwtje en plasten in hun broek van het lachen. Susanne had blauwe ogen, blond haar en sproeten. En iedereen in de kleuterschool zong 'Onder de witte brug' en wist dat ik verliefd was.

Toen de lagere school begon, zat ik briefjes naar haar te schrijven (ja, nee, weet niet) en ik maakte enveloppen van gevouwen papier, maar ik gaf ze nooit aan haar. Ik hoopte dat ze desondanks ja zou antwoorden. Bij het feest in de eerste klas hielden we elkaar bij de hand en draaiden telkens rond de zoen die ik verwachtte als een bij in een bramenstruik.

Ik fietste naar het strand en nam de provinciale weg. Het ging heuvel op en heuvel af, totdat de leeuweriken zongen boven de dijk. Het rook naar dennenbomen, heide en zout water. Ik lag de hele dag aan Susanne te denken en naar de sprinkhanen te luisteren, die trilden en zich door de stilte vijlden. Marielyst barstte uit in mijn oren en bezorgde me de lieflijkste rillingen.

Seks was iets mysterieus en bestond niet in ons gezin. Ik heb mijn ouders nooit zonder kleren aan gezien, geen enkele keer. En als erover gesproken werd op de radio op P4 onder het autorijden, kozen ze meteen een andere zender en deden ze alsof er niets aan de hand was. Het was met schaamte, schuld en angst verbonden. Je hoefde het alleen maar te noemen, of je handen zouden eraf gehakt worden aan de eettafel. Aan mijn lijf geen polonaise.

Het was niet alleen het onnoembare, het was het ondenkbare. Ik kon me er niet echt iets bij voorstellen. Het was binnen handbereik, het lag onder bed en in het donker op me te wachten. Het stond klaar, het kon me elk willekeurig moment overvallen en ik kon het niet uit mijn hoofd zetten. Er ontbrak iets, het was een raadsel, iets gevaarlijks en verbodens. Ik ging op ontdekking uit wanneer ik alleen thuis was, zonder te weten waar ik naar zocht.

Toen we bij oma in Frankfurt op bezoek waren, zag ik mijn kans schoon: ik sloop naar de boekenkasten in de huiskamer. Het waren grote, donkere mahoniehouten kasten met kristalglas in de deuren. Ze stonden vol met boeken, Papa Schneider verzamelde ze. Ik begon bij de grootste boekdelen, die geïllustreerd waren, bladerde door Griekse tempels, Romeinse ruines en flora en fauna van de hele wereld (de bloemen waren handgekleurd) en toen ging ik aan de slag met de encyclopedie, *Der Große Brockhaus.* Dat waren zware boeken in zwart en donkerblauw en goud. Daar stond alles in. 'Jeden Tag ich Brockhaus preiss, denn er weiss, was ich nicht weiss,' zei ma altijd. En ik wist zeker dat dit zo was, toen ik bij de letter 'm' kwam en 'Der Mensch' opzocht.

Er was een illustratie van een naakte vrouw. Ze was roze en had geen haar op haar lichaam, ook niet op haar hoofd. Ze was kaal. Je kon haar in de volle lengte uitvouwen, zodat haar benen en voeten ook te zien waren. Ze had borsten die je kon openklappen als de deurtjes in een adventskalender. Die lieten zien wat er schuilging onder de huid: de ingewanden en de bloedaderen. Het vlees was rood als koteletten. Ik opende de buik. Het was precies als op 24 december. Laag voor laag legde ik haar bloot en keek ik naar de lever, de darmen, het hart. Het was griezelig. Ik zette het boek snel terug op de plank. Mijn geweten was pikzwart, en ik kon haast niet wachten tot de volgende keer.

Daarmee was mijn leeslust gewekt. Ik ging naar de bibliotheek in Nykøbing, een krijtwit gebouw met een brede trap. Het was de vreedzaamste plek op aarde en lag aan Rosenvænget. Wanneer ik daar binnenstapte, legde ik de stad en de kinderen en alles achter me. Ik nam de ene rij boeken na de andere in de kinderafdeling, en toen ik daar doorheen was gekomen en het laatste boek dichtdeed, was ik oud genoeg geworden om aan de slag te gaan met de werkelijke taak die zich voor me in de zaal ophoopte: de volwassenenbibliotheek.

Er waren eindeloze planken. De eerste paar jaar kon ik niet bij de bovenste planken zonder op een krukje te staan. Bij het raadplegen van de cartotheek volgde ik mijn lusten. Ik zocht naar interessante titels en ging op jacht in de boekenkasten. En hoewel ik me hevig verzette, rukte ik al lezend gestaag en rustig op naar de gevaarlijke boeken, waarvan ik precies wist waar ze stonden: de erotische bloemlezing *Het land Coïtha, deel 1 & 2 & 3*, *Zeventien* van Carl Erik Soya, *Lady Chatterley's Lover*. Ik durfde ze niet van de plank te nemen. Alleen al het vluchtig doornemen van enkele passages vergde moed en moeite. Ik was bang om betrapt te worden. Uiteindelijk gaf ik het op en verstopte *Mammie waar kom ik vandaan?* onder mijn blouse en las het op het toilet. Daar zat ik nu de verboden kennis tot me te nemen wanneer ik de kans had. Ik voelde me er zo thuis dat ik er urenlang bleef en in slaap viel.

Het moest er een keer van komen. Op een dag versliep ik me. Het was na sluitingstijd toen ik van het toilet kwam. De bibliotheek was leeg en het was er pikdonker. De deur was op slot, ik kon er niet uit. Ik werd overvallen door paniek, het hart klopte me in de keel. Ik was alleen en gevangen in het donker. Wat zouden pa en ma wel niet denken? Die moesten doodsangsten uitstaan omdat ze niet snapten waar ik bleef! Ik liep op de tast door de bibliotheek, zoals ik me die herinnerde – a, b, c – en had het steeds vaker bij het verkeerde eind, verdwaalde in mijn eigen gedachten en wist op het laatst niet meer waar ik was. Ik was in de val gelopen, er was geen ontsnappen mogelijk. De boeken gingen eindeloos door. Ik ging zitten en smeekte dat iemand me zou vinden voordat het te laat was. Toen knipperden de neonbuizen aan. Het wa-

ren pa en ma die samen met de bibliothecaris binnenkwamen. Ik vloog overeind en holde hun tegemoet.
Het duurde lang voordat ik weer naar het toilet ging.

Het was herfst. De school was uit en ik liep onder
de brug bij het treinstation door en verheugde me op
de vakantie. Er lagen een heleboel stukken papier verspreid over het trottoir. Ze blonken in duizend kleuren als bladeren uit de Hof van Eden. Ik kon het niet
laten om ernaar te kijken en ze op te rapen. Ze waren
gemakkelijk te vinden, omdat ze glansden. Er lagen
er nog meer in de struiken en in de goot. Ik legde ze
in mijn schooltas. Er was iets wat me weerhield toen
ik thuiskwam. Ik keerde om en reed in plaats daarvan naar het bos, Vesterskoven, waar de roeken krijs-
ten boven in de bomen. Ik groef een gat waarin ik de
stukken papier legde en ze voor later verborg.

Het duurde eeuwigheden voordat ik van tafel kon
gaan en terug naar het bos kon rijden. Ik groef de stukken papier op, waarna ik aan het combineren sloeg en
aan de gang ging met de puzzel en een rolletje tape.
Al doende raakte ik steeds opgewondener. Langzaam
vormde zich een beeld van wat ik me in mijn wildste
fantasie nog niet had kunnen voorstellen. Ik had geen
flauw idee wat ik ermee aan moest en wat ik moest
beginnen met mijn geheim, toen het laatste stuk op
zijn plaats kwam en ik met een pornoblad in mijn
hand zat: *Color Climax*, 1973.

Ma mocht pas bij hen in Kleinwanzleben komen wonen toen het huwelijk was voltrokken, zoals dat heette, en oma een dochter met Papa Schneider had gekregen. Ze omhelsden elkaar en oma huilde, maar ze

waren mijlenver van elkaar verwijderd. Het was een voldongen feit, van nu af aan was zij dochter uit een eerder huwelijk en kwam ze na haar stiefzuster, Eva. Er was niets aan te doen. Ma aaide de hond, die om haar heen sprong, Bello, en betrad de Pruisische hoge-re standen als een gast in het leven van anderen.

Papa Schneider bezat bijna alles in de streek – grond, mensen en dorpen – en hij liep rond in rijlaarzen en had de mooiste auto, een Daimler-Benz. Er waren paarden in de stal en er was personeel. Ma kreeg haar eigen kamer met kleedspiegel en klerenkast en een groot, zacht bed voor zichzelf. Ze vergat nooit haar eerste Kerstmis, het diner, de boom vol kaarsen. Ze had al-les gekregen wat haar hartje begeerde: een slee, ski's, jurken en prentenboeken. Het was net alsof ze in de hemel was gekomen, zei ma. En ze had zich voorgeno-men hier tot elke prijs aan vast te houden.

Het was een dagelijkse exercitie, de tijden waren exact als een zweepslag. Om zes uur 's morgens had ze rijles. Ze kreeg de meest nerveuze paarden en reed rond met een stok achter haar rug en een boek op haar hoofd. En als dat op de grond viel, zwaaide er wat voor haar. En dan had ze Frans, Engels en pianoles tot één uur, wanneer papa Schneider aan tafel ging. Het was ondenkbaar dat je te laat kwam en dat het diner niet klaar was. Het eten werd in een keukenlift naar bo-ven gestuurd – tingeling – en werd klokslag één uur opgediend. Onder het eten werd er niet gesproken, ook niet over het eten: je at om te leven en leefde niet om te eten! Na afloop luisterde Papa Schneider naar de beursberichten op de radio. Het hele huis hield de adem in en haalde weer opgelucht adem wanneer die voorbij waren en hij zijn jas aantrok en wegging. Ma sloeg zich door de rest van de dag heen en vocht voor haar plaats.

Het werd haar van meet af aan duidelijk gemaakt dat zij onecht was en niet 'blutsverwandt' zoals haar zus, en dat zij zich dienovereenkomstig te gedragen had. Er mochten niet te veel misstappen plaatsvinden, of ze werd eruit gebonjourd. Wat voor anderen gold, gold dubbel voor ma. Ze wist waar ze zich aan te houden had en kuste Papa Schneider op zijn wang (de rechter met de littekens), converseerde in het Frans en las Engelse romans. Ze speelde piano voor oma en haar gasten en voerde de *Mondscheinsonate* uit met de rechterpedaal ingedrukt. En Papa Schneider keek toe wanneer ze galoppeerde en over de sloten sprong alsof ze op jacht was, maar in feite was zíj het wild waarop gejaagd werd.

Ma tenniste en ze schreeuwde tijdens het serveren. De bekers op de plank symboliseerden het ene verlies na het andere. Ze wilde een knuffel van haar moeder en kreeg een jas. Ze wenste een vader, en het enige wat ze kreeg waren regelmaat en discipline. Ze moest pakken wat ze pakken kon en er het beste van maken. Papa Schneider deed aan vliegvissen tijdens de vakanties in de Harz, ma stond 's morgens om half vier op om met hem mee te gaan en zijn spullen te dragen. Als hij zijn hoed vergat na het diner, holde zij ermee achter hem aan en zei: 'Hier, Vati!' Het hoogst bereikbare voor haar was als hij haar over het haar streek, zijn hoed voor de grap op haar hoofd zette, 'kleiner Frechsack' zei en in haar wang kneep zodat ze een blauwe plek kreeg, en ma zei dat zij alleen maar van hem was en hem met één glimlach tegelijk voor zich innam. Ze slaagde erin een plaatsje te verwerven, niet in zijn hart, maar tenminste in de auto. 's Zondags reden ze met open dak een eind weg en zongen 'Wochenend und Sonnenschein'. Het voelde bijna alsof ze een gezin waren. Zij drukte zich tegen hem aan, waarna ze direct tegen de auto vóór hen aanbotsten. Ma vloog door de voorruit.

Ze zat met een bebloed gezicht dat in stukken was gesneden, net als dat van hem. Misschien was dat de eigenlijke reden waarom Papa Schneider haar na het ongeluk accepteerde. Ze kreeg de beste behandeling in de universiteitskliniek van Wenen, de wonden genazen zonder dat er littekens achterbleven, behalve rond het ene oog. Ma wees altijd: hier. Ik knikte, maar kon niets zien. Hij ontfermde zich over haar, stopte haar foto in zijn portefeuille en gedroeg zich opeens heel anders. Ma kon zich vrijwel alles permitteren en deed dat ook. Ze kreeg vriendjes en zette de bloemetjes buiten. En toen ze met Stichling thuiskwam, die tien jaar ouder was dan zij, werd haar dat ook toegestaan. Papa Schneider vergaf haar alles. Zij was de enige die zijn hart weer mild kon stemmen wanneer hij boos was en die hem tot van alles en nog wat kon bewegen. En als zij te veel geld had gespendeerd, lachte hij en zei: 'Motto Hilde: Immer druf!'

Papa Schneider hield meer van haar dan van de paarden (voor zover hij in staat was van iemand te houden) en ma mocht op de familiefoto, samen met zijn hond. Ze maakten een uitstapje in de natuur, oma zat in het gras met Eva in haar armen, Papa Schneider las in een boek. Ma droeg een korte jurk (die was bijna doorzichtig) en had een pagekapsel. Ze stond naast Bello naar me te kijken vanaf het schilderij in de eetkamer, wanneer we aan tafel zaten. Ma vertelde dat het geschilderd was door Magnus Zeller. Hij was een van de expressionisten van Der Blaue Reiter. Papa Schneider steunde hem en kocht zijn schilderijen. Hij was ook een mecenas voor Max Pechstein en Emil Nolde. De schilderijen hadden aan de wanden gehangen tot 1937, toen hij genoodzaakt was ze te verwijderen. Het was 'entartete Kunst'. Hij rolde ze op en verborg ze in de kelder. Uit angst schilderde Nolde daarna bloemen, Pechstein en Zeller schakelden over op landschappen. Er hingen er twee in dikke vergulde lijsten in onze huiskamer: een van de bergen en de waterloop in de Harz, waar Papa Schneider uit vissen ging, en een paar duistere bomen aan een meer. De rest had tante Eva meegenomen, en niet alleen dat: ze had alles meegenomen.

Net als in sprookjes was haar stiefzuster boos. Ma was opgegroeid met een slang die jaar na jaar steeds giftiger werd. Eva was lelijk en dik en had rood haar. En hoewel ze niets hoefde te presteren en alles in de schoot geworpen kreeg, verbeurde ze het. Ze was op een circuspaard gezet en viel ervan af zonder er ooit meer op te komen. Ze was onmuzikaal als een doedelzak en vervoegde Franse werkwoorden tot er helemaal niets meer van te herkennen viel. Eva was een vaderskindje, zat op zijn knie en werd voor het minste of geringste geprezen, maar het mocht niet baten. Het zat haar integendeel des te meer dwars wanneer ze de bal tegen het net aan sloeg en zag hoe ma rondliep in haar tennisrok en alles was wat zij niet was, mooi en populair. Ma kleedde haar in hippe kleren, maakte haar

haar op en nam haar mee naar feesten toen ze tiener werd. Eva was een muurbloempje en op haar verjaardag kwamen alleen saaie pieten. Om wat leven in de brouwerij te brengen maakte ma een bowl en schonk ze de glazen in. Dat pepte de stemming op, ze lachten en dansten, gedroegen zich wild en holden door het hele huis, Eva zoende met een jongen, en toen was het feest afgelopen. Een van de gasten was in zwijm gevallen en moest naar het ziekenhuis omdat hij een hartafwijking had. Ma had speed in de punch gedaan. Ze liet Eva bij alles wat haar heilig was zweren het aan niemand te vertellen. En toen sloeg de slang toe.

Ma werd weggestuurd en kwam op de chicste meisjeskostschool die er bestond, de Reinhardswaldschule in de buurt van Kassel. De school lag op een heuvelrug, vanwaar je over de stad kon uitkijken. Het hoofdgebouw was omringd door een park en door de lange gebouwen met de kamers en een muur, waarvan de poort op slot was. Hier werden prinsessen, vorstinnen en dochters van grootindustriëlen naartoe gestuurd om niemand tot last te zijn. Haar schoolvriendinnen heetten Sayn-Wittgenstein, Thüsscn en Thurn und Taxis. De rector maakte er een vertoning van als ze bij ma's naam kwam en die afriep bij het ochtendappel: 'Hildegard Lydia... Voll!' Ze had nog steeds de naam van haar vader (ze was nooit geadopteerd) en dat was net zo pijnlijk als wanneer je een bastaard was. Ma deed aan hardlopen, paardrijden, hoogspringen, versloeg de anderen bij het tennissen, speelde piano en zorgde voor amusement op hun vrije avonden. Daarmee probeerde ze haar gebrek aan familie en titel goed te maken.

De wereld buiten de school was gevaarlijk. Uitgaan was er niet bij en het meest verboden waren de bioscoop en het café. Om nog maar te zwijgen van 'Tanzcafe' met muziek en dans, en het allerergste: mannen. Mannen waren wezens van een andere planeet, omgang met hen was levensgevaarlijk. Om de zaterdag werden de meisjes in een bus met geblindeerde ruiten naar een lunchroom gereden, die voor de gelegenheid voor het publiek was gesloten. Ze aten taartjes en dronken thee en converseerden, terwijl de leraressen als zwarte vogels zaten toe te kijken. En er was geen muziek. Ze moesten in bed liggen (en het licht moest uit zijn) om tien uur 's avonds, maar ma smokkelde grammofoonplaten de kamer in en gaf een fuif. Ze stak een potlood door het gat in het midden, en dan draaiden ze de platen met hun vinger rond en zetten een lucifer met een stukje perkamentpapier in de groef en hoorden schlagers: 'Benjamin, ich hab' nichts anzuzieh'n'. En toen hun eindexamen niet meer zo veraf was, wisten ze uit het internaat te ontsnappen, ma en haar beste vriendin, Inge Wolf, en gingen ze naar de bioscoop. Ze nestelden zich in de stoelen en moesten zo huilen dat ze elk besef verloren. Na afloop zaten ze met rode ogen te glimlachen, tureluurs en helemaal gebroken.

Ma verliet de Reinhardswaldschule in 1939 en trok naar Berlijn om aan de universiteit te studeren: politieke wetenschap en Amerikaanse geschiedenis. Hier ontmoette ze Horst Heilmann, op wie ze verliefd werd. Hij was negentien jaar, net als zij, en noemde haar 'Hildchen', en zij noemde hem 'Horstchen'. Ma wierp zich in zijn armen, opende haar hart en kreeg het leven terug dat haar was ontnomen voordat het was begonnen. Ze verloofden zich toen de oorlog uitbrak. Horst kwam in de Wehrmacht en moest codes kraken voor de Inlichtingendienst in Berlijn, ma deed dienst als tramconducteur ('Studiendienst') en werd gefotografeerd voor propagandadoeleinden, omdat ze jong en blond was: 'Deutsche Mädel stehen überall ihren Mann. Front und Heimat Hand in Hand!' Ze poseerde als conducteur in *Der Silberspiegel* en als gymnast in *Reichssportblatt* – 'Frisch und froh!' – en was pin-up in badpak in ss-tijdschriften, die langs het hele front de ronde deden. Ma veroverde België, Nederland, Frankrijk en Tunesië. Ze lachten erom, Horst en ma. Ze lieten de bladen zien en lazen de teksten onder de foto's voor wanneer ze samen met zijn vrienden waren: Kuckhoff, die theater maakte, en Harro Schulze-Boysen, die buitenlandse politiek doceerde aan de universiteit en als nazi optrad hoewel hij een gloeiende antifascist was. Zijn vrouw heette Libertas en was in dienst van Metro-Goldwyn-Mayer. Ze zagen Amerikaanse films (*Gone with the Wind*) en luisterden naar de radiostations van de geallieerden. 's Nachts verspreidden ze strooibiljetten en hingen affiches op – 'Das Nazi-Paradies. Krieg, Hunger, Lüge, Gestapo. Wie lange noch?' – en Harro was bewapend. Ze stelden hun hoop op de Verenigde Staten en de Sovjet-Unie en verlangden naar de dag dat alles voorbij zou zijn. En die dag kwam.

In de herfst van 1942 ging ma met Inge Wolf op vakantie naar het bezette Parijs en toen ze weer terugkwam in Berlijn, was Horstchen niet thuis. Ze belde naar Harro en Libertas. Die namen niet op, Kuckhoff nam niet op, en dat deden de anderen uit hun kring evenmin. Ma snelde naar de laatste van wie zij wist dat die Horstchen kende, Liane. Die woonde in Berlijn-Schöneberg, op de Viktoria-Luise-Platz. Zij was thuis, liet ma binnen en was ten einde raad. Ze waren allemaal gearresteerd: Arvid Harnack en zijn vrouw Mildred, Günter Weisenborn, John Graudenz – meer dan honderd mensen. Het duizelde ma, ze raakte in shock, holde naar haar kamer en begon de autoriteiten op te bellen om te horen wat er was gebeurd met Horst, Horst Heilmann, haar geliefde Horstchen. Niemand was op de hoogte. Op zijn werk zeiden ze alleen maar dat hij op 'Dienstreise' was. En de politie voelde in plaats daarvan haar aan de tand: wie was zij en wat was haar relatie met deze mensen? Op het laatst had ze Himmlers secretaresse aan de lijn. Snikkend vroeg ze waar haar Horstchen was en wat ze hadden gedaan. Het was alsof er niemand aan de andere kant was. De stem kwam vanuit een lege plek: 'Er ist verhaftet und wird vernommen, Sie haben sich beim Volksgerichtshof einzufinden, und zwar sofort. Heil Hitler!' Hoewel het indruiste tegen het gezond verstand ging ma ernaartoe. Ze holde de trappen op en de gangen door. Toen zag ze de agenten met een man aankomen. Het was Horst. Ze noemde zijn naam en hij keek op. Hij had handboeien om. Ze sleepten hem voorbij, ma kon niets doen. Vanuit de verte hoorde ze Horstchen fluisteren: 'Vlucht, Hildchen, vlucht!'

Ma wist niet waarheen, ze durfde niet terug te keren naar de Victoria Studienanstalt, maar deed het toch. Toen ze thuiskwam, stond Papa Schneider in haar kamer met zijn jas over zijn arm en een gepakte koffer.

Hij had alles gedaan wat er in zijn vermogen lag om te verhinderen dat ze door de Gestapo zou worden opgewacht. Er was geen tijd te verspillen. Horst Heilmann was van hoogverraad beschuldigd, en zij was in levensgevaar en moest ogenblikkelijk verdwijnen. Hij overhandigde haar geld, paperassen en een envelop met een brief, voor het geval dat ze in de problemen zou raken. Ma bedankte hem huilend en vertrok naar Graz. Het enige waar ze aan dacht was Horstchen, die weg was. En er opende zich een afgrond in haar die zich nooit meer sloot.

Het enige wat ik voor mijn verjaardag wenste, was dat ik niet jarig zou zijn. De nacht ervoor lag ik me te verbeelden dat mijn verjaardag werd overgeslagen zonder dat iemand er erg in had. Dat gebeurde nooit. Wanneer ik opstond en de eetkamer binnen stapte, zongen pa en ma 'Knüdchen hat Geburtstag, tra-la-la-la-la, Knüdchen hat Geburtstag, heisa-hopsa-sa!' Er was een taart met kaarsjes erin (een Gugelhupf) en karamellen rond mijn bord en cadeaus van oma Schneider, de familie Hagenmüller, tante Gustchen en tante Inge, die op Mallorca woonde en hartelijke groeten plus tien mark stuurde. Ik kreeg alles wat pa en ma konden geven: een fiets, een jol, en een brommer toen ik vijftien jaar werd. En dat zou in de loop van de dag allemaal van me afgepakt worden: lek gestoken, tot zinken gebracht, vernield. Wanneer ik de kaarsjes uitblies en het laatste pakje opende, hoopte ik dat het een bom was en dat de aarde onderging.

Het was altijd te veel en verkeerd. Pa had de fiets uit Duitsland meegebracht en die bij Neckermann gekocht: 'Neckermann macht's möglich!' Het was een fiets met brede, witte banden. Er was niemand ten noorden van de Alpen die op zo'n ding reed. Ik wist bij voorbaat dat ze mijn banden leeg hadden laten lopen als ik aan het eind van de schooldag naar huis moest. Dan kon ik er lopend mee terug en de banden lappen en daar net zo lang mee doorgaan tot ik er de brui aan gaf. Ik zonk door de vloer van schaamte als ik opstond in het klaslokaal, omdat er 'Knud is jarig' op het bord stond en juffrouw Kronov had gezegd dat ik nu snoep zou uitdelen. Het was de bedoeling dat je met een doos snoepjes rondging en dan mocht iedereen er eentje nemen. Ma was een week bezig geweest met het vullen van zakjes van cellofaan met drop, winegum en bonbons en met het maken van strikken. Wanneer ik die uitdeelde, trokken ze rare bekken. Dan werd er gezongen, en de klas barstte in lachen uit en sloot 'Vandaag is Knud jarig' af met 'Heisa-hopsa-sa!' Het ergste moest nog komen. Tijdens het speelkwartier deelde ik de resterende zakjes uit en nodigde iedereen uit voor het verjaarfeestje. Dan was dat achter de rug en werd ik even met rust gelaten terwijl ze snoep aten, tot ze ervan moesten overgeven en vroegen of er meer was en 'tot zo!' zeiden.

Ik stond doodsangsten uit als het bijna zover was en ze bij ons thuis aanbelden – alleen, met z'n tweeën of drieën. Ze staken me een munt van vijf kroon toe; die was niet ingepakt. Dat was wat men gaf in 1970. Met twintig leerlingen in de klas leverde dat honderd kroon op. Er zat niets anders op dan ze binnen te laten: Pia, Jeanne, Marianne, Georg, Kim, Michael, Jesper, Lisbet, Annemette, Jens-Erik, Poul en Jørgen of hoe ze verder mochten heten. Ze waren gekomen om mijn verjaardag te vieren, en het was hun allemaal maar om één ding te doen: veel lol trappen en het aan hun ouders doorvertellen. Ze kwamen volop aan hun trekken.

Ma had de tafel gedekt in de eetkamer met een wit tafellaken, naamkaartjes, vlaggetjes en kaarsen. Naast elk bord lag een pakje met cadeaus: kleurkrijtjes, knikkers, een kwartetspel. En dan zei ze glimlachend: 'So, Kinder, nu zitten gaan en veel genoegen hebben!' Ze serveerde warme wafels, Spritzkuchen, Kartoffelpuffer met appel-compote. Ze staarden overal naar en keken uit naar de bolletjes die er niet waren, de slagroomtaart met banaan die er niet was en de limonade waarvoor Nesquik in de plaats was gekomen. Daar moest niemand iets van hebben, ze zaten erin te prikken, morsten op de vloer, lieten ballonnen knallen, tekenden op het tafellaken en zagen reikhalzend uit naar het moment dat ma aan de gang ging met het amusement. Ze had wedstrijden georganiseerd. We speelden Blindekuh, Mäusejagd en Papiertütenlauf. En je kon met een bal naar blikjes gooien. Er waren prijzen voor iedereen: 'Auf die Plätze, fertig – los!'

Ze staken de draak met haar, smeten met de ballen en lieten ma rondrennen om ze op te rapen, terwijl ze snoep naar zich toe graaiden en in hun zakken propten. Ik deed alsof mijn neus bloedde wanneer ze me plaagden en in gebroken Deens toespraken, me 'Knüdchen' noemden net als ma, en elkaar op de rug sloegen van het lachen. Het belangrijkste was om de dag voorbij te laten gaan en er doorheen te komen. Ik was toch niet in staat de ramp te verhinderen die ons te wachten stond. Het was een vaste traditie. Ik zag op tegen de avond wanneer ma de harmonica tevoorschijn haalde. Pa hield zich op de achtergrond. Ze stelden zich voor het huis op en kregen een stokje waaraan een papieren lampion met een kaars hing. Er waren lampionnen in alle kleuren met manen, sterren en geheimzinnige gezichten, die in het donker oplichtten. Dan vormden we een lange rij, en ma begon verjaarliedjes te spelen en 'Knüdchen hat Geburtstag, tra-la-la-la-la' te zingen. Langzaam kwamen we in beweging: Pia, Jeanne, Marianne, Georg, Kim, Michael, Jesper, Lisbet, Annemette, Jens-Erik, Poul, Jørgen, ik en de anderen. We liepen de Hans Ditlevsensgade uit, door de Peter Freuchensvej en door de hele wijk, onder leiding van mijn harmonica spelende moeder. Ze zong 'Laterne, Laterne, Sonne, Mond und Sterne'. En overal kwamen de mensen naar buiten, stonden voor hun huizen, volgden de stoet en strekten hun rechterarm uit voor de Hitlergroet.

Het was onmogelijk dat dit ma niet opviel. Ze wist heel goed wat er gebeurde, en ze deed het toch. Haar wil was hard als staal en koud als ijs en lichtte op in haar koude, staalgrijze ogen. Zij had wel erger dingen meegemaakt en had harmonica gespeeld bij de ondergang van de wereld. Dat was aan het eind van de oorlog in 1945. Ma had het opgegeven om haar familie te vinden en fietste naar het Duitse leger in de buurt van Magdeburg om iets te eten te krijgen. Ze kreeg sojabonen. Ze kwamen erachter dat ze gestudeerd had en een vertaalopleiding Engels had doorlopen. Dat zou binnenkort van pas komen. Voordat ze er erg in had, was ma ingelijfd bij 'Volkssturm' en vertrok ze met

de resten van de negende Armee onder generaal Raegener en vijftienduizend jonge, oude en invalide soldaten om de Führer te gaan ontzetten in 'Festung Berlin'. Maar ze werden afgesneden door de Russen. Ze
konden niet verder. Hun enige hoop was capitulatie
voor de Amerikanen. Ze vochten zich wanhopig vrij
en bewogen zich westwaarts en noordwaarts, waar ze
het andere front bereikten. Generaal Raegener (hij had
een houten been) en zijn adjudant zaten in de bunker
met ma, die *Guter Mond, du gehst so stille* speelde,
terwijl de bommen hun om de oren vlogen. En toen
was het voorbij. Ze bracht het er levend af. En wanneer ma de hoek omging en terugkwam in de Hans
Ditlevsensgade en halt maakte voor ons huis met de
harmonica op haar schouders en de kinderen en buren
achter haar rug in een lange rij lichtende lampionnen,
zong ze luider dan ooit en maakte het laatste akkoord
steeds langer, net zo lang tot ze allemaal – de huizen,
de straten en de hele stad – in de balg waren getrokken
en weg waren. En dan stonden pa, ma en ik met ons
drietjes mijn verjaardag te vieren met een 'heisa-hop-
sa-saaa'!

We hadden geen tv. Pa en ma noemden het een kijk-
doos voor idioten. En we gingen niet naar de bioscoop,
ik wist niet eens dat er een in het stadje was. En strips
waren ongehoord, omdat ze je dom maakten. Die waren beneden de maat en welhaast immoreel vergele-
ken met boeken en waren verdrongen naar de achter-
pagina van de kranten. Het waren de taal en bovenal
het geschreven woord die een teken van intelligentie
en 'Geist' waren. Wanneer ik de stripalbums op de ta-

fel in de bibliotheek zag liggen (Kuifje, Lucky Luke, Asterix) durfde ik er niet in te kijken. Ik was bang dat een enkele blik genoeg was om me voor altijd onherkenbaar te veranderen, dat ik krankzinnig zou worden en een hazenlip zou krijgen. Ik leende boeken en las erop los. Verder vermaakten we ons thuis alleen maar met kaarten, bordspelen en dobbelstenen. We zaten 's avonds rond de eettafel whist, Räuberrommy, Mensch Ärgere Dich Nicht en Yahtzee te spelen. De grote staande klok tikte en hun leven was het mijne, ik had niets voor mezelf. Dat veranderde allemaal in één klap toen ik mijn eigen radio kreeg.

Het was een zilverkleurig zakradiootje van Philips. Ik zat er met mijn oren tegenaan geplakt vanaf het moment dat ik op 'on' drukte. Er was alleen maar middengolf en korte golf, en het geluid was niet zo krachtig, maar er was verbinding. De signalen bereikten de Hans Ditlevsensgade en de wereld opende zich voor me. Pa verzocht me natuurlijk onmiddellijk dat ding zachter te zetten. Ik zette het ding zachter en lag 's nachts met ingehouden adem in het donker te luisteren. Het knetterde en bruiste tussen Tiroolse orkesten en Turks. Ik draaide aan één stuk door aan de knoppen en kon er maar niet genoeg van krijgen. De stemmen, de brokjes melodie, de morsesignalen en het geruis gingen in elkaar over en verzamelden zich tot een merkwaardige muziek. De volgende dag had ik wallen onder mijn ogen omdat ik niet had geslapen.

Dankzij mijn radio kon ik voor het eerst in mijn leven aan pa en ma ontkomen en kon ik doen waar ik zelf zin in had. Ik had het gevoel dat ik iets verbodens deed. Ik verstopte me onder het dekbed om niet betrapt te worden en luisterde naar de korte golf en de middengolf, kamde het wereldruim uit en onderzocht de geheimen ervan. De stations doken uit het geruis op: Westdeutscher Rundfunk, ORF, Voice of America en 'This is BBC World News'. Er waren voortdurend vreemde uitzendingen, die erover heen gleden en zich mengden. Russische speakers en marsmuziek losten Duitse volkszangers en Amerikaanse nieuwsberichten af. Het was een zee van stemmen die in elkaar verdronken. Ik was op het spoor en zocht ergens naar en wist niet naar wat, totdat het in mijn oren losbarstte op 208 kHz: Radio Luxemburg!

Dit was het mooiste wat ik ooit had gehoord. En het was onweerstaanbaar. Je had er muziek, reclamespots, jingles, geluidseffecten en mensen die opbelden vanuit Amsterdam en Düsseldorf. De diskjockey (Rob Jones) praatte sneller dan je kon volgen en sprak vloeiend en melodisch als hij het volgende nummer aankondigde. Ik hoorde Sweet, Slade, Wings, Queen en Sparks. Ik hield het gewoon niet voor mogelijk, maar het was waar. Ik was uit de negentiende eeuw ontsnapt en in 1974 aangekomen. Het klonk weergaloos, fonkelend en glinsterend. Niets was meer hetzelfde. En ik kon gewoon niet wachten tot het acht uur 's avonds werd en de uitzendingen begonnen.

Ik leefde voor Radio Luxemburg in een andere wereld, die alleen op de radio en 's nachts bestond. Dat was iets anders dan 'Vraag het aan Århus', het verzoekplatenprogramma op de transistor in de keuken en de verkeersinformatie, waarmee pa me terroriseerde op de snelweg als we ma gingen halen in Frankfurt (ze ging een paar keer per jaar bij oma op bezoek). Ik verveelde me dood en zeurde hem aan het hoofd om hem van programma te laten veranderen. Hoe verder we naar het zuiden kwamen, des te groter was de kans dat we het station van de Amerikaanse troepen, AFN, konden horen. Ik zoog het geluid uit de presentators, de muziek en de reclames zoals Coca-Cola in me op tijdens de luttele minuten dat pa het toeliet, voordat hij kreunend een ander programma vond omdat het lawaai was. Het was de moderne wereld. We lieten die definitief achter ons als we tegen de avond in Westend in Frankfurt arriveerden. Daar stonden grote kastanjebomen en patriciërshuizen met roedevensters en balkons. Oma woonde in een flat aan de Kettenhofweg 106, waar de tijd tot stilstand was gekomen. Of misschien was hij platgebombardeerd, verminkt en gedood.

Ik sprong uit de auto, gaf ma een knuffel en oma een zoen. Zij huilde van blijdschap, zoals gewoonlijk, en we gingen naar boven met de koffers en pakten uit. Toen gingen we aan tafel, waar ik 'Schinken-Kren' kreeg, licht roggebrood met vet en dunne, gevouwen plakjes ham met daarop ei, augurken en mierikswortel. Mijn ogen brandden zo door de mierikswortel dat de tranen me over de wangen liepen. Oma reikte me haar vochtige zakdoek aan en glimlachte zonder lippen. Haar handen waren vernield en met dezelfde hoornige huid bedekt als haar gezicht. Ze brandde nog steeds. De Tweede Wereldoorlog spookte door de kamers en rinkelde in de glazen haldeur: de ontzetting, de waanzin, de schande. En wanneer ik naar bed was gestuurd en in het donker een vliegtuig hoorde naderen dat over het huis vloog, was ik bang dat het weer oorlog was en dat er nu bommen vielen, terwijl ik naar Radio Luxemburg zocht.

Ik genoot met volle teugen wanneer het signaal duidelijk doorkwam. Meestal waren er atmosferische storingen. Amper had ik Luxemburg gevonden, of er drong iets doodengs de slaapkamer bij oma binnen. Een vrouwenstem dreunde getallen op, leeg en monotoon, tot in het oneindige. 'Achtung, Achtung,' zei ze en telde '1234567890' – Eins-Zwei-Drei enzovoort. En dan kwam er Oostenrijkse volksmuziek met gejodel, waarna het van voren af aan begon en doorging. Ik wist onmiddellijk wat het was, ik rilde ervan. Het was midden in de Koude Oorlog. De getallen waren codes met geheime mededelingen voor spionnen.

Ze waren overal te vinden op de korte golf en op de middengolf: Duitse, Engelse en Russische zenders. Er was een eenzame vrouwenstem die steeds opnieuw vijf minuten achtereen 'Papa November, Papa November' zei met een hectische slangenbezweerderfluit op de achtergrond. Daarna begon ze getallen op te dreunen in het Duits: '406, 422, 438, 448, 462.' Andere stations heetten Papa Zulu, Charlie November, Sierra Tango, Foxtrot Bravo. Sommige hadden hun eigen herkenningsmelodie zoals de Engelse, die met de eerste maten van een volksliedje begonnen, waarna een vrouw met een zeer Brits accent getallenreeksen voordroeg. Er was het Spaanse station met een slechte ruimteklank, waar je af en toe een haan kon horen kraaien. Het meest afschrikwekkende station speelde een paar tonen op een speeldoosje, en na een tijdje begon een meisjesstem de getallen in lief, onschuldig Duits uit te spreken.

Hoe kwamen ze erbij om een kind te gebruiken voor het oplezen van mededelingen voor geheime agenten, waar gebeurde dat soort dingen, en wie zat er bij zijn radio ergens in Europa die getallen op te schrijven? Er moesten vrouwen onder ons zijn, wier baan bestond in het reciteren van getallenreeksen, jaar in jaar uit. En ze konden het aan niemand vertellen. Wie waren zij? Wat gebeurde er? Het luisteren naar de getallen door stoorzenders en muziek heen kon me in trance brengen. De vrouwenstemmen mengden zich met het geluid van het vliegtuig boven het huis aan de Kettenhofweg en de angst van de Tweede Wereldoorlog en de bom die nooit ophield met vallen en die oma elke nacht trof. Dat waren de kinderversjes die ik op de radio hoorde en waarbij ik in slaap viel tijdens de Koude Oorlog.

Tante Ilse had een hekel aan katten. Die instelling deelde ze met haar naaste omgeving: een teckel en een kanarie. Dat waren haar troeteldiertjes, ze was kinderloos. Haar man had niets in de melk te brokkelen en stond in de hiërarchie onder de huisdieren. Hij heette Heinrich Jaschinski of Dr. Jaschinski, zoals hij werd genoemd, en was directeur van Deutsche Bank in Frankfurt. Het werd me nooit helemaal duidelijk van welke kant tante Ilse familie van ons was, maar ze was te lelijk om voor de duvel te dansen en zuur als een citroen. Ze schepte er plezier in om iedereen het leven te vergallen, bovenal dat van haar man. Hij was welgesteld en invloedrijk en reed in een slagschip van een zwarte Mercedes rond, maar trok zich in zichzelf terug wanneer Ilse de kamer binnenkwam.

Haar teckel holde naar hem toe en beet hem in zijn schoen, hij probeerde het dier weg te duwen, waarop zij 'Heinrich!' uitriep. Hij kwijnde weg en kroop in zijn schulp.

Tante Ilse was de oudste van drie zussen. Haar zussen waren mooi en trouwden, maar zij niet. Ze raakte verbitterd toen haar eerste zus een man kreeg, en met de jaren werd ze steeds verbetener en haatdragender. Niemand wilde haar hebben. De negatieve gevoelens laaiden op bij de bruiloft van haar tweede zus. Ilse morste een glas wijn op de bruidsjurk, vlak voor de huwelijksvoltrekking. Ze deed het expres en wendde niet eens voor dat het haar speet. Als zij het geluk niet kon vinden, was het minste wat ze kon doen het voor anderen verzieken. Ilse veranderde in een heks.

Het was te laat toen het eindelijk lukte een man voor haar te vinden: Heinrich Jaschinski. Zijn familie kwam uit Stettin, hij trouwde alleen maar met haar om het zich te kunnen permitteren naar de universiteit te gaan en te studeren. Iedereen wist dat, ook tante Ilse. Ze zou het hun betaald zetten. Ze werd zo mogelijk nog lelijker, trok een pruimenmondje, bond haar knot nog strakker en liet na de wrat op haar kin te scheren. Ze deed te veel zout in het eten, bracht kinderen aan het schrikken en verpestte als het even kon de stemming. 'Ach, Ilsekind,' zei oma vaak met een zucht, maar er was geen houden aan. Ze zat iedereen op de kop, verspreidde roddelpraatjes en schold Heinrich uit. Dan aaide ze de kanarie en noemde hem 'Piepmatz'. Haar stem was net zo droog als het kaakje waarmee ze hem voerde.

Bij de Jaschinski's had je meer regels dan bij algebra. Ma gaf me lang van tevoren instructies over wat ik mocht en niet mocht en hoe ik me moest gedragen. Ik werd in een pak gehesen en putte me uit in 'ja, tante Ilse' en 'dank u, Dr. Jaschinski'. En het allerbelangrijkste was dat ik de kanarie niet nerveus mocht maken. Daarom mocht je ook niets geels aanhebben, dat wond hem op. De vogel zat in de kooi zonder geluid te maken en ik wachtte mijn kans af. Zodra tante Ilse opstond en de kamer verliet, trok ik een gele zakdoek tevoorschijn waarmee ik zwaaide en mijn neus snoot. De vogel raakte buiten zinnen. Hij piepte en schreeuwde en wist van geen ophouden, en de teckel holde blaffend rond en beet in het vloerkleed. Razend en tierend liet Ilse ons uit. Ik gaf haar man een hand en verontschuldigde me, en ik zag hoe zich een zwakke glimlach op zijn lippen vormde.

Tante Ilse maakte het leven tot een hel voor Heinrich Jaschinski, die vele jaren vóór haar overleed. Of hij overleed niet: hij kwijnde weg, verstoof en veranderde in een spook. En net als spoken nam hij wraak vanuit het graf. De hele familie was bijeengekomen bij de advocaat en zat op hete kolen toen het testament werd voorgelezen. Een alleenstaande vrouw kwam binnen, zette haar hoed af en nam verlegen glimlachend een eindje verderop plaats. Ilse werd steeds bleker bij elk woord dat ze hoorde. Omdat zij haar huwelijksverplichtingen niet was nagekomen – geen enkele keer, niet eens in de bruiloftsnacht – had hij zich genoodzaakt gezien zijn heil elders te zoeken. Hij onterfde Ilse. Zij kreeg uitsluitend wat haar volgens de wet toekwam: de sieraden, het huis en acht procent. In plaats daarvan zou zijn secretaresse van hem er-

ven en de helft krijgen. De rest ging naar de Katten-
bescherming.

De wintermaanden en het uitzicht op de eindeloze
velden hadden mijn oma van vaderskant gevoel voor
dramatiek gegeven. Om het extra griezelig te maken,
stak ze een kaars aan en vertelde op gedempte toon
dat Carl altijd in gezelschap van zijn moeder met een
kandelaar het erf overstak, toen hij klein was. Ze leefden op de looierij. Die lag aan de rand van het stadje en
had drie vleugels. Het was er donker en verlaten en er
was reden genoeg om bang te zijn, want het was vlak
bij het kerkhof. Dan stak ze van wal met het spook-
verhaal.

Het begon ermee dat het circus naar Nykøbing
kwam in de achttiende eeuw. Wij heetten Romer omdat de circusdirecteur een Italiaan was. De paarden
werden ziek en daarom werd de voorstelling afgelast.
Hij was op Falster gestrand. Hij kon geen nieuwe paarden kopen voor het bedrag dat hij voor de dode beesten kon krijgen. De prijs was zo laag dat hij ze behield,
waarna hij ze zelf slachtte en van hun huid ontdeed en
zich in het stadje vestigde als looier.

Het was een smerig karwei om huid van vlees en
vet te ontdoen en er leer van te maken. Looiers waren verstotenen, net als prostituees en beulen. Ze werden beschouwd als zigeuners, en een vrouw die met
zo iemand trouwde was sowieso een stakker. Hun leven was een hel van verrotte dieren, skeletten, huiden
en brandstapels. De zwavelstank steeg van 's ochtends
vroeg tot 's avonds laat uit de kalkgroeven op. Er zaten zoveel ratten dat hun gangen de gebouwen konden

doen instorten. Het afvalwater kleurde de beek rood van het bloed. Ze kregen vijf kinderen. Met liefde had dat niets te maken. Twee van hen bezweken voordat ze één jaar waren. Ze werden engeltjes genoemd, en zij waren er beter aan toe dan degenen die op aarde achterbleven.

Hun kinderen groeiden op in een box die van ribben was gemaakt. Ze speelden met de dood en werkten van kindsbeen af. Ze konden nergens naartoe, het stadje was gesloten gebied voor hen. En wanneer het tijd werd om ergens een ambacht te leren, was er geen enkele plaats beschikbaar. Ze waren onrein en buitengesloten en konden niets anders doen dan het vak voortzetten en het bedrijf overnemen. En zo was de looierij meer dan honderd jaar van vader op zoon overgegaan, tot mijn opa aan de beurt kwam in 1898.

Carl deed het ondenkbare: hij zei nee en weigerde de zaak van zijn vader over te nemen. Hij wilde geen looier zijn en spartelde tegen met alles wat hij in zich had aan hoop, moed en daadkracht. 's Nachts bleef hij op om in de krant over de nieuwe tijden en het buitenland te lezen en plannen te maken. Hij vilde de dieren en waste de huiden terwijl hij ervan droomde om zo ver mogelijk weg te komen. Toen zijn ouders overleden, verkocht hij het bedrijf en bracht de inventaris onder de hamer. Vervolgens trok hij zijn zondagse pak aan en vroeg Karen om haar hand.

Maar het maakte niet uit wat opa aanpakte, het liep steeds weer mis. Hij werd voortdurend door pech achtervolgd. Keer op keer zat het hem tegen. Hij zette alles op alles, maar raakte steeds dieper in de put. Hij spendeerde al het geld: eerst het geld dat hij voor de looierij kreeg en, toen dat op was, Karens erfenis. Er was niets meer over, ze moesten huis en haard verlaten en Bellevue vaarwelzeggen. En het enige wat er nog restte van de looierij, waren een mes en een ketel – en de kandelaar.

Die stond op tafel te branden en wierp schaduwen uit een andere eeuw in de kamer. Oma glimlachte in het donker en was klaar met het verhaal. Ik hoorde de grote staande klok tikken. Toen het stil was geworden, de tijd tot stilstand kwam en de spoken voor de deur stonden, fluisterde ze dat er een vloek op de familie rustte. Toen blies ze de kaars uit en was weg. En dat terwijl ik haar nooit had ontmoet: ze overleed voordat ik werd geboren! De koude rillingen liepen over mijn rug.

Opa en oma eindigden hun dagen in een rijtjeshuis aan de Søvej. Daar was geen plaats voor grote visies als in Bellevue. Je moest de ramen openzetten om verder te kunnen kijken dan je neus lang was, zei Carl. Hij gaf zijn plannen op en kreeg een baan bij de Deense Spoorwegen. Hij was nog maar een schaduw van voorheen en stak met gesloten ogen de rails over op weg naar zijn werk. Er reed een trein over hem heen wanneer hij aan Canada, het hotel, de bussen en Marielyst dacht. Hij was in al zijn verwachtingen beschaamd en ze waren niets opgeschoten. Alsof dat nog niet erg genoeg was, maakte hij mee dat anderen wél succes hadden: handel en toerisme namen toe, Marielyst bloeide. Het was de ergste straf die hij kon krijgen, dat hij de treinen zag komen en gaan: Amsterdam, Berlijn, Parijs, Rome. De mensen trokken de wijde wereld in terwijl hij op het perron stond te fluiten en met zijn vlaggetje zwaaide en in Nykøbing achterbleef.

Hij had alles willen verkopen om van het geld zo ver mogelijk weg te reizen, samen met Karen, en dan aan het eind van de rit te sterven. Het was om wanhopig van te worden, maar hij slikte zijn emoties in en zei niets, klokte in en incasseerde zijn salaris terwijl zijn hoofdpijn met de dag erger werd. Hij had het gevoel alsof alles onder druk stond en naar buiten wilde: de goede ideeën, de goede bedoelingen en de goede voor-uitzichten die in feite op niets waren uitgelopen. Hij kon niet op een gedachte komen zonder dat het pijn deed. Zijn oren piepten. Hij stak de rails over na het werk en bleef staan wachten op de trein. Hij telde tot honderd en dan tot tweehonderd enzovoort. Wanneer hij thuiskwam, ging hij aan tafel zitten om te eten, gaf oma een zoen en zei dank je wel en wist dat het slechts een kwestie van tijd was.

Zijn ogen rolden bijna uit zijn hoofd voordat hij toe-gaf aan de pijn en het aan pa vertelde – er was iets mis – en in het ziekenhuis werd opgenomen. Het was de ergste plek van het hele stadje, de artsen hadden ner-gens benul van en stelden een diagnose die niet alleen verkeerd was, ze was ook kwaadaardig: syfilis. Karen huilde. Hoewel ze hem geloofde en wist dat het niet waar kon zijn (hij hield zielsveel van haar) was de ver-nedering ondraaglijk. Opa bracht zijn laatste dagen door met zich te schamen over iets wat hij nooit had gedaan. Hij werd naar de kliniek voor geslachtsziek-ten in Kopenhagen vervoerd. Daar volstond een en-kele blik om te constateren wat hij mankeerde. Carl werd onmiddellijk naar het Academisch Ziekenhuis overgebracht. Ze konden hem vertellen dat hij een hersengezwel had en nog drie weken te leven had. Die gebruikten de artsen voor experimenten. Hij werd volgespoten met chemicaliën, doorgelicht en in een grote centrifuge aangebracht die hem aan één stuk door rondslingerde tot de dood erop volgde.

Carl overleed in 1949 en werd begraven op het Oosterkerkhof, dat aan het terrein van de Suikerfabriek grensde, op de plek waar de looierij ooit had gelegen; die was al jaren geleden gesloopt. Het was de ironie van het lot toen de Vogelvluchtlijn veertien jaar later werd geopend en Kopenhagen en Berlijn in een directe route met elkaar waren verbonden (zoals hij had voorzien) en de treinen vlak langs zijn graf reden. Maar wij moesten niet bedroefd zijn, zei oma, het was allemaal goed afgelopen. Opa had zijn hele leven maar één ding gewenst, namelijk daarvandaan te komen, en nu was die wens in vervulling gegaan.

De weg naar de vrijheid was bezaaid met vluchtelingen, die zeulden met kinderen en ouden van dagen en zoveel spullen als ze konden dragen. Ma schaamde zich erover dat ze daar in een Amerikaanse jeep zat en hen voorbijreed. Maar toen dacht ze aan haar moeder en aan Papa Schneider, Eva, haar nicht Inge. Haar hart liep over van geluk: die waren in leven en bevonden zich in het Westen! Ze hadden de oorlog allemaal overleefd en nu was ze op weg naar huis. Ze was zo ver van hen vandaan geweest dat het bijna te mooi was om waar te zijn.

De Raegener Divisie was vernietigd door de Tweede Pantserdivisie en de Dertigste Infanteriedivisie van het Amerikaanse leger. Ma kroop op 18 april 1945 uit de bunker. Ze werkte als vertaalster tijdens de capitulatie en kwam in een krijgsgevangenenkamp. Duitsland mocht dan gevallen zijn, maar de Amerikaanse soldaten vielen voor ma. Ze speelde kat-en-muis met hen, raakte voorzichtig een arm aan, glimlachte en liet haar haren loshangen. Op het laatst deden ze haar een uniform van het Rode Kruis cadeau, waarmee ze uit het kamp kon komen. Ze bedacht zich geen moment en begaf zich direct naar het hospitaal in de sector, Magdeburg-Goslar, om zich als verpleegster aan te melden.

Ma zorgde voor de zieken, gewonden en stervenden. Het was hopeloos en niet te harden. Want zodra ze aan de beterende hand waren, werden de soldaten opgehaald en in krijgsgevangenschap teruggereden naar de Russen aan de overzijde van de Elbe. De hele handel zou de volgende maand aan de Sovjets worden overgedragen. Ze moest maken dat ze wegkwam, maar ze bleef het uitstellen, in de hoop iets van haar familie te horen en haar moeder te vinden. Via het Rode Kruis zette ze een zoekactie op touw. Toen ze het nieuws te horen kreeg, kon ze haast niet geloven dat ze zo geboft had: ze waren naar Einbeck geëvacueerd!

Ze gaf de sectorchef, mister Plaiter, een zoen en kreeg verlof van het hospitaal. Daarop veegde ze haar mond af, pakte haar koffer op en kreeg een Amerikaanse soldaat zover dat hij haar naar Einbeck reed. Papa Schneider was rijk, de soldaat zou goed betaald worden, en het was maar honderdnegentig kilometer. Ze sprong uit de jeep toen ze op het erf tot stilstand kwamen. Eva zag haar het eerst en riep: 'Hilde!' Toen kwamen de anderen aangehold. Ze huilde en lachte, zoende hen en sloeg haar armen om Papa Schneider. Toen vroeg ze waar haar moeder was: waar was ze?

Wat er in bed lag, was een mummie. Het duizelde haar, ze stortte in en onderdrukte een schreeuw. Ze kon niet ademen. Oma was verrast door een lucht-aanval, die haar huis in Magdeburg trof op het mo-ment dat zij met wasgoed in de weer was in de kelder. De flessen met gezuiverde benzine in de aangrenzen-de ruimte explodeerden. En zij ging in vlammen op. Ma wilde haar een zoen geven en haar over de haren strijken, maar ze had geen haren en geen huid. Bij de minste of geringste aanraking verging ze van de pijn, een zuchtje wind was al genoeg. Ze hielden de ramen dicht, slopen rond en openden voorzichtig de deur. El-ke beweging was een marteling. Ze staarde vanuit de zwachtels en haar ogen smeekten om te mogen ster-ven. Ma legde haar hele leven in die blik en fluisterde zo zachtjes dat het haast niet te horen was: 'Ich bin bei dir.'

Papa Schneider gaf zijn camera aan de soldaat die ma naar huis had gereden. Nu had hij niets meer over. Zijn vrouw, zijn bezit, zijn grond – hij was alles kwijt-geraakt. Nu waren ze vluchtelingen in hun eigen land en niet eens welkom. Ze werden in een boerderij in de buurt van Einbeck ondergebracht, de Kuhlgatzhof. Het huis stamde uit 1742 en verkeerde in een verval-len staat, het had aan een jeneverstoker toebehoord. Ze woonden in een van de kamers met tafel en stoe-len en met een veldbed voor ieder. In de kamer ernaast was Fräulein Zilvig ingekwartierd, een streng gelovi-ge vrouw. En dan was er Frau Rab, die stal. De doch-ter van Kuhlgatz woonde op de tweede verdieping. Zij was getrouwd met een kunstschilder, Herr Hänsel, en ze leefden samen met mevrouw Dömicke, die doktersweduwe was en ouderwets gekleed ging. Herr Webendürfer, de ex-directeur van een koelkastenfabriek, was in de stal ondergebracht. Hij was corpsstudent geweest en wilde voortdurend duelleren: 'Ich verlange Satisfaktion!' Zijn dikke, sproetige dochter heette Oda. Zij zette te midden van dit alles een kind op de wereld en schreeuwde als een varken. 'Ach Kinder, ihr seid nichts als Vieh,' brieste Papa Schneider, en hij zei dat ze tot het niveau van beesten waren afgezakt.

Herr Hänsel had een dienstmeisje, Schmidtchen, een vluchtelinge uit Pommeren die een dochtertje had. Het kind was achterlijk en probeerde zich nuttig te maken door in het riviertje te vissen en in de mesthoop wormen op te graven voor het aas. Op een dag trok ze erop uit met een geit om die te laten dekken. Bij haar terugkomst stonk ze – inclusief de trap en de kamers, alles – naar bok. De lucht bleef hangen, hoe hard ze ook bleven schoonmaken. Dat werd te veel voor Herr Hänsel, die zijn driften niet langer in toom kon houden. Ma moest constant nee zeggen en bedankte voor zijn toenaderingen, die steeds concreter werden. Ze had lak aan hem en zijn ellendige schilderijen, die in de gang hingen waar de wc was. Wanneer ma naar het toilet was geweest, boog ze voor zijn portret en zei: 'Meister, ich habe gespült.'

Frau Dömickes zoon had hersenletsel opgelopen door een granaatsplinter, hij miste een stuk van zijn schedel. Je kon het bloed zien pompen en de hersenmassa pulseren wanneer hij zijn hoed afzette. Hij was krankzinnig – en krankzinnig verliefd op Eva, die eindelijk een bewonderaar had gekregen. Het was zum Kotzen. Het draaide erop uit dat hij haar overviel en haar achter een struik sleepte, maar zij wist te ontsnappen en holde huilend naar huis. Ze schreeuwde dat ze hier weg wilde, ze wilde terug naar Kleinwanzleben. Alles moest weer net als vroeger worden!

Ma haalde melk bij een nabijgelegen boerderij, de Mönchshof. Ze hadden rantsoenbonnen voor drie liter per week. Om bij de stal te komen, moest ze voorbij een ganzerik, die bij de ingang stond vastgebonden en naar haar blies. Op een dag liep het mis. De ganzerik was los, klapwiekte en sloeg en beet haar net zo lang tot de boer haar op een holletje te hulp kwam. Ma was in zwijm gevallen en werd naar de boerderij gebracht, waar gevangenen de kamers aan het luchten waren. Ze hadden stoelen en tafels buiten gezet en klopten matten. Zij droegen haar naar binnen en legden haar in bed. Ze had blauwe plekken over haar hele lijf, was ziek en moest overgeven, maar de enige dokter in de buurt was de dierenarts. Die zei dat ze twee ribben had gebroken. En misschien was ze... zwanger? Hij sloeg met zijn armen en grinnikte – hij zei het voor de grap – en gaf haar morfine. Zij had haar buik vol van het landleven.

Er kwamen voortdurend nieuwe vluchtelingen bij: uit Pommeren, uit Letland. Papa Schneider raakte zwaar depressief. Ma deed haar best om hem te troosten, terwijl ze oma verzorgde, op Eva en Inge paste en zich er zo goed mogelijk doorheen trachtte te slaan. Ze besloot het verlorene terug te halen, naar de sovjetzone te gaan en hun spullen in Kleinwanzleben te halen. Ze nam contact op met haar kennissen, van wie sommigen nu in de partijtop zaten, in de SED, en binnen het nieuwe systeem de lakens uitdeelden. Er was niet meer nodig dan het noemen van de naam Horst Heilmann om de meeste deuren te openen. Hij had in de 'Rote Kapelle' gezeten, de communistische verzetsgroep in Berlijn, zeiden ze. Hij, Schulze-Boysen, Libertas en de anderen werden in Oost-Duitsland als helden vereerd. Later werd er zelfs een straat in Leipzig naar hem vernoemd.

Ma fietste ervandoor en wist stiekem de grens over te komen. Ze was bijna betrapt door twee Russische soldaten. Het enige wat ze bij zich had, waren de sleutels van het huis, een zakje zwarte peper om zich mee te verdedigen en verder een brief van Horst Heilmanns vader:

Halle (Saale), 4.9. 1946

An den
Herrn Landrat des Kreises Wanzleben
In Wanzleben

Frau Hildegard Voll war die Braut meines infolge aktiver Teilnahme an der Widerstandsbewegung Schulze-Boysen am 22.12. 1942 hingerichteten Sohnes Horst Heilmann. Frau Voll selbst war mit meinem Sohn Horst Heilmann und Schulze-Boysen, der der Lehrer der beiden an der Universität war, auch politisch eng verbunden. Frau Voll verdient es infolgedessen bei ihren Bemühungen um Rückführung des inzwischen von der Beschlagnahme frei gegebenen Inventars der Familie Dr. Schneider, nachdrücklichst unterstützt zu werden.

Ich bitte Sie, Frau Voll jede mögliche Unterstüt-
zung zuteil werden zu lassen.

Dr. Ing. Adolf Heilmann
Stadtbaurat [1]

De rest van de tocht naar Kleinwanzleben legde ze af
met de bus. Ze bezocht Papa Schneiders zakenrela-
ties, Rabbethge en Olbricht. Die onthaalden haar gast-
vrij, zorgden voor onderdak en stonden haar bij in de
confrontatie met de plaatselijke autoriteiten. Ze werd
voor spion en kapitalist uitgemaakt, en ze uitten drei-
gementen om haar te laten verdwijnen, tot er bericht
kwam van de machtigste man in Sachsen, vicepresi-
dent Robert Siewert. Het was niet alleen zo dat ma
recht kon doen gelden op hun bezittingen, maar er
ook nog mee naar de Westzone kon reizen. Ze stelden
haar een treinwagon ter beschikking.

Het erf lag er verlaten bij toen ma terugkeerde op
het landgoed. De torenklok was op kwart voor zes blijven stilstaan. Ze zag voor zich hoe de ploegbazen aan
de bomen bungelden. Die waren opgeknoopt toen het
Russische leger de dwangarbeiders kwam bevrijden.
De meesten van hen waren krijgsgevangenen uit Po-
len, en die namen onmiddellijk wraak. Ma opende de
voordeur met haar sleutel en sloop door de zalen, maar
die waren geplunderd. Van de politie kreeg ze een be-
wapende wacht toegekend, waarna ze alle buren afliep
om de spullen te halen die ze hadden gestolen.

Ze viel midden onder het eten bij de familie Niemül-
ler binnen en nam de eetkamer in beslag. Toen zocht
ze de voormalige rector op en wees naar de vleugel.

Die was van hen. De boekenkasten waren over alle hoeken van de wijk verspreid en werden voor allerlei andere dingen gebruikt dan boeken: voor wasgoed en servies. En ze rukte de tapijten weg onder de voeten van Papa Schneiders advocaat, die ook het nodige in de wacht had gesleept. Ma liet de wijn opgraven in de tuin, en ze vond het zilverwerk, het Meissner-porselein en de schilderijen, die opgerold en weggestopt beneden in de kelder lagen. Het werd in de trein geladen en naar het westen gestuurd. Ze bedankte de verhuizers, Olbricht en Siewert, deed hun het grootste gedeelte van de wijn cadeau en hoopte dat ze elkaar in betere tijden zouden terugzien!

Ma haalde de schnaps voor de dag toen de spullen in Einbeck waren aangekomen en waren uitgepakt. Nu moest het gevierd worden. Ze stookte haar eigen schnaps op basis van melasse en bietenjenever. Die druppelde uit de slang en in een grote fles en smaakte nog steeds naar foezel, ook al filterde ze hem met kool. Papa Schneider was in een beter humeur. Hij had zijn schilderijen en zijn boeken en stak zijn vulpen in zijn jaszak. Oma was voor het eerst uit bed, Eva trok haar chicste jurk aan en Inge lachte. Ze gingen allemaal aan tafel in hun oude eetkamer en hieven het glas. Toen zeiden ze 'Prost' en lieten een brede glimlach met een zwarte mond zien.

Falster lag zo ver in het noorden dat het er nooit echt zomer werd, en zo ver in het zuiden dat het nooit winter werd. Het sneeuwde niet en de zon scheen niet, het regende alleen maar. Het was er grauw, koud en nevelig. De wind joeg vanaf de Oostzee over de vlakke velden. Het was er troosteloos. In december stond er een kerstboom boven op de schoorsteen van de suikerfabriek, alsof hij van plan was naar beneden te springen en zelfmoord te plegen.

De verwarming werd flink hoog gezet wanneer oma met Kerstmis op bezoek kwam. De logeerkamer in de kelder werd in gereedheid gebracht met een kanten tafellaken en Zwitserse snoepjes. En dan haalden we haar af van het station. We stonden op het perron te vernikkelen en keken uit naar de trein uit Rødby, de veerboothaven. Hij reed over de Christian ix-brug en kwam met gillende remmen tot stilstand: Deutsche Bundesbahn. De deuren gingen open en oma stapte uit met bontjas, hoed, handtas en koffer. 'Ach, Hildemäuschen,' zei ze terwijl ze ma omhelsde. Pa pakte de koffer op en ik hielp haar naar de auto. Al op weg naar huis ritselde ze met het cadeaupapier in haar tas en vroeg: 'Na, bist du auch artig gewesen?'

Oma had chocolade meegenomen, geroosterde amandelen en een nieuw boek. Het heette *Des Knaben Wunderhorn*. Na het avondeten ging ma naar de keuken, pa ruimde op. Wij zaten samen in de huiskamer hardop te lezen. Al op de eerste bladzijde brandde er vuur in de haard en lag er een kat te spinnen. De dennenboom geurde in de warmte. Ik bladerde en buiten sneeuwde het, de posthoorn klonk in de verte, en berglandschappen met burchten en ridders spreidden zich uit onder een hemel vol engelen. Toen werd het licht aangedaan, omdat pa binnenkwam. Het vuur, de kat, de boom, de burchten en de ridders – alles ging uit. Pa schudde het hoofd. 'Zitten jullie daar in het pikdonker, je kunt helemaal niets zien!' Toen keek hij om zich heen. De glanzende mahoniehouten tafel, de kleden die er netjes bij lagen, het zilverwerk, alles was in orde. Hij knikte en zei 'schlafengehen', waarna ik oma welterusten kuste en naar bed ging. De regen sloeg tegen de ramen. Ik kon niet in slaap vallen. Vanuit de Hans Ditlevsensgade 14 was Kerstmis verder weg dan ik durfde dromen.

Wij hadden een Duitse adventskalender. Oma zorgde er altijd voor dat ze erbij was wanneer ik het deurtje van 6 december opende. Dat was de dag waarop Sankt Nikolaus cadeaus uitdeelde aan de zoete kinderen, terwijl de stoute kinderen slaag kregen van Knecht Ruprecht en in de zak werden gestopt. Ik dacht er lang van tevoren aan. 's Nachts kroop hij de kast uit en sloop naar mijn bed met de roe in zijn hand en de zak over zijn schouder en hield zijn gezicht vlak bij het mijne. Hij had rode ogen, zijn neus was krom. Ik kroop weg onder het dekbed, kneep mijn ogen toe en hield mijn adem in, tot ik de deur hoorde opengaan. De volgende ochtend lag er een pakje in de schoen die ik had gezet voor Sankt Nikolaus. Voor deze keer was het achter de rug. Oma had een goed woordje voor me gedaan en Knecht Ruprecht weggehouden.

Nu was het verder een kwestie van de dagen uitpakken. Die waren vol snoep, dat in mijn schoen voor de deur lag – Franse nougat, winegumbeertjes, marsepein – en aan het eind wachtte kerstavond. Het was moeilijk om de tijd snel genoeg te laten verstrijken, het regende pijpenstelen en het was donker. Oma en ik waren aan het kaarten in de kelder. Ze zei altijd 'ach nein, das tut mir so leid', wanneer ze een slag binnenhaalde. We aten Zwitserse snoepjes, die smolten in de warmte van de radiatoren. Pa had de verwarming zo hoog mogelijk gezet, zodat ze niet ziek en verkouden werd. 's Avonds las ze voor uit E. T. A. Hoffmann: *Nussknacker und Mausekönig, Der goldene Topf.* De gotische letters in haar boeken waren net zo griezelig als de verhalen zelf en leken op toverformules. Ik was ervan overtuigd dat oma in staat was alle wensen in vervulling te laten gaan, en wat ik het allermeest wenste was sneeuw.

Ik sprong mijn bed uit en keek naar buiten, maar het was hetzelfde. Het sombere weer hield aan. Van lieverlee hield ik op erin te geloven. Kerstmis kwam zonder dat het sneeuwde. 's Middags gingen we naar de Kloosterkerk. De klokken luidden, de mensen kwamen in groepjes aanzetten terwijl ze hun hoeden en paraplu's stevig vasthielden. Ik vond het vreselijk om over de kerkvloer te lopen en plaats te nemen in de bank, waar de mensen opschoven en de andere kant op keken. Het duurde een eeuwigheid voor de dienst voorbij was. Die was voor de anderen, wij hoorden er niet bij. En wanneer we onze handen vouwden, wenste ik innig dat 'Glade jul, dejlige jul' er dit jaar niet bij zou zijn. Er was het openingsgebed en het eerste gezang – 'Komt allen tezamen' – en toen zongen we 'Er is een kindeke geboren' en 'Gloria in excelsis'. Ik zette alles in om een wonder te bewerkstelligen en verloor en ging door de vloer van schaamte wanneer ze eindigden met 'Glade jul'. Want ma zong mee in het Duits: 'Stille Nacht! Heil'ge Nacht!' Dat was duidelijk te horen. De mensen verschoven hun stoelen en schraapten hun keel. Ik zag voor me hoe alle kerkgangers zich omdraaiden om ons aan te staren en hun vingers naar

ons uit te steken. Het enige wat ik kon doen was mee-
zingen en mijn best doen haar in het Deens te over-
stemmen.

Het belangrijkste voor pa was dat alles er schoon
en netjes uitzag. Kerstavond was een grote bende: het
was een vreselijk gedoe om een boom de huiskamer
binnen te krijgen. En als we thuiskwamen na de kerk-
dienst werd er tafelgedekt, gezellig gedaan en versierd
volgens vaste voorschriften die erop gericht waren om
eventuele schade te voorkomen en brandgevaar te re-
duceren. Hij zette een emmer water naast de boom,
haalde de dozen met kerstversiering uit de kelder en
stalde alles uit op de secretaire – de vergulde ballen en
de zilverkleurige ballen apart. Dan telde hij de kaars-
houders, haalde hetzelfde aantal kaarsjes tevoorschijn
uit de voorraad in de kast (er was genoeg voor de volgende honderd jaar) en hing ze op. Het was geen Deense kerstboom vol papieren versierseltjes en vlaggetjes
en overdekt met klatergoud, wat er goedkoop uitzag
– ma haalde er haar neus voor op. De glazen ballen en
de kaarsjes hingen in een systematische orde aan onze kerstboom, die ontiegelijk Duits was, en pa zette er
een ster van staal bovenop als de kroon op het werk.

Na het avondeten en de rijstpudding stak pa de
kaarsjes aan in de huiskamer. Dat was gevaarlijk,
zorgde voor troep en gaf een slechte verlichting. Je kon
niets zien. En dan was het tijd voor 'Bescherung', we
werden uitgenodigd om naar de kerstboom te komen.
'Ach wie schön,' zei oma. Ma speelde op de harmonica en wij schaarden ons rond de boom. We zongen
kerstliedjes in het Duits en het Deens en opnieuw in
het Duits en bewonderden de boom, die straalde in

het donker die ene keer in het jaar dat pa de stekker uit het stopcontact trok. Eindelijk was het zover. Nu werden de cadeaus uitgedeeld. Ze waren vrijwel allemaal voor mij. Ma kreeg cigarillo's, wodka en een cheque van pa, en pa kreeg een trui, die groot genoeg was, niet kriebelde en die leek op de trui die hij al had. Ik kan me niet herinneren wat oma kreeg, maar dat was snel achter de rug. Daarna zaten we naar de boom te kijken. Ma stak een cigarillo op en nam een wodkaatje. Pa haalde de sleutel tevoorschijn en opende het deksel van de grammofoon in het grote mahoniehouten radiomeubel en zette een plaat op met de Wiener Sängerknaben, die 'Kling Glöckchen, Klingelingeling' zongen.

Als de laatste klanken wegstierven, was de ceremonie voorbij. Dan ging pa dadelijk aan de gang met orde op zaken stellen en de sporen van Kerstmis verwijderen. Hij rolde de cadeaulinten op, haalde de adventskrans naar beneden en bracht alles naar de kelder. Ma was in de keuken en ik zat samen met oma in de huiskamer te wachten om te zien welk kaarsje er het laatst uitging in de boom. Buiten was het donker en het regende weer. Oma glimlachte geheimzinnig naar me, overhandigde me een pakje dat ze had verstopt en zei: 'Hier, kleines Knüdchen, und fröhliche Weihnachten.' Ik rukte het lint en het papier eraf. Het was een glazen bol. En daarbinnen bevond zich een huis, ons huis! Toen draaide ik de glazen bol om en keek door het raam. Het sneeuwde.

Papa Schneider hervatte zijn zaken en vestigde zich in het Westen, hij had verzocht om vergoeding voor de verliezen in Oost-Duitsland – 'Entschädigung'. Ze bleven in Einbeck wonen. Inge reisde terug naar Mexico, waar haar moeder woonde, die getrouwd was met een diplomaat, en Eva ging naar de huishoudschool en droomde ervan een man te krijgen. Ma zou naar de universiteit gaan om haar studie voort te zetten. Ze hielden oma thuis gezelschap, kaartten en lazen voor. Oma schaamde zich te veel over haar uiterlijk om een voet buiten de deur te durven zetten. Als er mensen op bezoek kwamen, trok ze zich terug in de slaapkamer en wachtte tot ze weggingen.

Papa Schneider had een goede reputatie en was een van de eerste Duitsers die voor een officieel bezoek naar het buitenland werden uitgenodigd. Hij reisde naar Nederland en hij moest ook naar Turkije. Voor de zekerheid liet hij zich opereren aan galsteen voordat hij vertrok. Hij vertegenwoordigde zijn land en daarom moest alles in orde zijn. Het was alsof hij zijn das rechttrok in zijn ingewanden. Het was een ongecompliceerde ingreep en niet moeilijker dan het strikken van een windsorknoop, maar er liep iets mis.

Het was de tweede keer dat oma een man op de operatietafel verloor. Ze was verminkt en bleef in 1948 in de puinhoop van haar leven achter met twee dochters en een lijk. Ze trok een sluier voor haar gezicht, en toen gingen ze naar het ziekenhuis. Tante Gustschen en de familie uit Biebrich waren er al. Ze ontvingen hen in het zwart. Papa Schneider lag in bed en was niet kouder, stijver en ontoegankelijker dan anders. Iedereen dacht hetzelfde, maar niemand durfde het te zeggen. Het was ma's taak om erheen te gaan en te controleren of Papa Schneider echt dood was.

Ze wilde de hartslag bij de hals voelen, maar durfde hem niet aan te raken. Zijn ogen waren gesloten, en ze twijfelde eraan of er ooit een hart had geslagen. Ma hield haar oor bij zijn mond om te horen of hij ademhaalde. De lippen bewogen een beetje, ze trok haar hoofd terug. Te laat! Hij had de laatste adem uitgeblazen en had het haar toegefluisterd, de naam, zijn geheim. Nu wist ma hoe hij heette. Ze staarde naar oma en de familie, die in de deuropening gespannen stonden te wachten, maar de woorden bleven haar in de keel steken. Ze kon niets zeggen en knikte alleen maar toen tante Gustschen vroeg: 'Tot?' Misschien had God Papa Schneider niet geroepen of misschien had hij op het laatste ogenblik de moed verloren. En nu was het haar beurt.

Na de begrafenis pakte ma de telefoon en ze belde naar de bank. Afgezien van de inboedel uit Kleinwanzleben hadden ze niet erg veel om van te leven, al het andere bestond uit leningen en investeringen die werden teruggetrokken. Ze loog en vertelde oma en Eva dat de vergoeding van de staat onderweg was en zocht naar een baan. Ze werd secretaresse bij de Spoorwegen, dat was het enige wat er te krijgen was. Ma leerde het tienvingersysteem en ratelde erop los op de schrijfmachine in de nieuwe sneltreinen (D-Züge) dwars door het platgebombardeerde Duitsland, honderdtwintig tekens per minuut. Het was inspannend werk en niet genoeg om het gezin te onderhouden. En verder kreeg ze voortdurend dubieuze aanbiedingen van mannen die op reis waren. Die waren haar chef voor een uur en bestonden het bijvoorbeeld te dicteren 'Kan ik u overhalen tot het drinken van een verfrissing in de eetwagon?' en 'U kunt meer verdienen in een hotel'. Af en toe werden ze opdringerig – je kon het van tevoren zien aankomen, wanneer ze met een glimmend gezicht de coupé binnen stapten – en moest ze hulp bij de conducteur halen. Het gevaarlijkst waren de stations 's nachts, en het duurde dan ook niet lang voordat het gebeurde. Toen de verkrachter toesloeg in Hamburg, had ze niets anders dan een zakje peper. Ze smeet de peper in zijn ogen en sloeg op de vlucht, terwijl hij schreeuwend achterbleef.

Het was een geschenk uit de hemel dat zij benaderd werd door Tesdorph en directeur Arnth-Jensen van De Danske Sukkerfabrikker. Papa Schneider had contact gehad met Denemarken, omdat hij suikerbietenzaad kweekte en een grote export had. Hij was een van de toonaangevende partijen op de markt. Ze wilden ma graag helpen en nodigden haar uit naar Kopenhagen. Ze werd ondergebracht in een hotel en ze boden haar een diner aan in restaurant Wivex. De Engelse directeur Rose was er ook. De volgende dag zag ze De Kleine Zeemeermin en de wisseling van de wacht voor paleis Amalienborg en was ze in Tivoli. De gekleurde lampen knipperden, de mensen lachten en de pauwenstaart ontvouwde zich in het Pantomimetheater. En verder vochten Pierrot en Harlekijn om Colombine. Ma keek naar de winkels en beklom de Ronde Toren, vanwaar ze over de stad uitkeek. Haar eerste indruk was overweldigend. Geen ruïnes, geen invaliden, geen honger. Het leven in kleur. Ongelooflijk!

Een week later nam Arnth-Jensen haar apart. Hij zei dat ze haar een betrekking konden aanbieden bij De Danske Sukkerfabrikker. Ma zei ja tegen het aanbod, reisde naar huis en vertelde het goede nieuws dat ze een baan had gekregen, en het slechte nieuws dat het in Denemarken was. Ze was genoodzaakt een tijdje weg te zijn, maar ze kon elke maand geld sturen. En Denen waren vriendelijke mensen, het was een sprookjesland. Alles was er klein als speelgoed.

Het was 1950. Het stof was amper gaan liggen na de oorlog toen ma op haar Vespa Nykøbing binnen kwam rijden. Haar sjaal wapperde in de wind en ze was stijf bevroren. Ze was uit Einbeck vertrokken (het was laat in het jaar, het regende en het was koud) en reed met een snelheid van zestig kilometer per uur over de snelwegen, tot ze Travemünde bereikte. Staande op het dek van de veerboot zag ze het vasteland verdwijnen en in de Oostzee zinken met alles wat ze kende, liefhad en bezat. Haar reis naar Falster was zo onwaarschijnlijk dat die nooit had moeten plaatsvinden.

Ma werd wakker in het Geheelonthoudershotel en maakte zich op om naar haar werk in de suikerfabriek te gaan. Ze had een aanstelling in het laboratorium gekregen en wist niet wat haar te wachten stond. Want het enige zoete in Nykøbing was de suiker die men produceerde. De mensen keken haar met scheve ogen aan en antwoordden niet als zij iets vroeg. Haar chef, de heer Møller, werd steeds aardiger en maakte haar wegwijs in kolven, bunsenbranders en tabellen. Hij drong erop aan haar naar het hotel te brengen, zodat haar niets overkwam (de arbeiders stonden bij de fabriekspoort naar haar te fluiten en riepen lachend iets naar haar) maar zij wees hem af bij de deur. De heer Møller liet zich nu van een andere kant zien, hij nam een dreigende houding aan en zei dat ze op haar tellen moest passen. Ma haastte zich naar binnen. Ze pakte haar spullen, trok haar jas aan en pakte de koffer op. Toen ging ze op het bed zitten. Ze sloeg de handen voor het gezicht, trilde en beefde en kon niet huilen. Het was alsof ze geen tranen meer over had. Maar er was niets aan te doen. Er zat niets anders voor haar op dan te blijven.

Het was een godverlaten gehucht en zo vijandig dat het haar moeite kostte om de straat op te gaan. Mevrouw Jensen was een van de weinigen die zich over haar ontfermden. Haar man was in dienst bij het landgoed Orupgård. Ma huurde een kamer bij hen. Het was een klein kamertje, er was geen deur, alleen een gordijn dat je dicht kon trekken. Ze vermande zich, ging naar de suikerfabriek en hield vol. Ze verachtte die gedrongen, dikke lieden en noemde ze 'de dwergen'. Ze schreef één keer per week naar huis; daar ging ze mee door zolang oma leefde. En als iemand haar had verteld dat ze nota bene hier haar grote liefde zou vinden, zou ze hebben gelachen en haar hoofd hebben geschud. Nooit!

Het was een zondag op de Grote Markt. Pa kwam aanlopen met twee slagroomgebakjes in zijn hand op een van zijn gebruikelijke visites. Hij was lang en slank en straalde als de zon. Als ik ma vroeg waarom ze voor hem was gevallen, antwoordde ze altijd dat hij een knappe man was met alles erop en eraan. De meeste mannen van haar generatie waren dood of invalide. In Duitsland had je alleen nog maar kinderen en ouden van dagen over. Ze nam zich voor met hem kennis te maken. Dat was niet gemakkelijk, want ze kon hem niet op straat aanspreken (alleen prostituees deden dat soort dingen) en ma kende niemand die hen aan elkaar kon voorstellen. De tijd verstreek en de bergen met bieten voor de suikerfabriek slonken. Er kwam steeds minder damp uit de schoorsteen, de campagne was bijna voorbij. Ze moest naar huis en had er geen idee van wat haar te wachten stond en wat het lot voor hen in petto had, maar toen kruisten hun wegen elkaar puur toevallig.

Pa moest naar de repetitie van het mannenkoor waar hij samen met de beheerder van Orupgård naartoe ging, en ma was aan het wandelen met mevrouw Jensen, die hem kende. Dit was dan Hildegard Voll, die in het laboratorium werkte. Ze moesten dezelfde kant op. Pa en ma spraken Duits, hij was vriendelijk en beleefd, en er zat geen ring aan zijn vinger. Van nu af aan konden ze elkaar groeten wanneer ze elkaar tegenkwamen. Ma zorgde ervoor dat dat vaak gebeurde. Ze flirtte met hem bij de kruidenier en liep hem toevallig tegen het lijf in het stadspark en vroeg of hij haar wilde uitnodigen voor het bedrijfsfeest in Hotel Baltic.

Ma schreef dat ze de man in haar leven had gevonden. Oma was hevig aangedaan door de brief en barstte in tranen uit. Een vreemde man in een vreemd land, en hij was niet eens familie van iemand! Ma vertrok niet toen het seizoen afgelopen was, en pa onthaalde haar op koffie en slagroomgebak bij hem thuis in de Nybrogade. Het was er netjes en ordelijk. Hij liet haar de schilderijen zien die hij op de veiling had gekocht: de landweg, de haven, de bospartij. Ma nam glimlachend aan de vleugel plaats en bladerde terug naar de eerste bladzijde van de partituur. Het was Mozart.

Mijn grootmoeder van vaderskant had zich kapot gewerkt en was lang geleden aan gewrichtsreuma gestorven, maar je kon haar nog steeds horen lopen met haar stok in de grote staande klok beneden in de huiskamer: tik, tak, tik, tak. Het was steeds erger geworden, op het laatst kon ze niet meer bewegen van de pijn. Toen Carl was begraven, ging ze in bed liggen en stond niet meer op. Pa kwam langs en gaf haar warme kompressen en koude kompressen, maar niets hielp. De artsen konden niets aan reuma doen en hadden geen flauw idee wat de oorzaak was. De nieuwste theorie luidde dat het van de tanden kwam. Ze kreeg te horen dat haar laatste hoop een experimentele behandeling was.

Ze trokken de tanden uit Karens mond, een voor een. Haar glimlach verdween en in plaats daarvan kreeg ze een kunstgebit dat ze in haar mond kon doen. Ze glimlachte erop los terwijl het zeer deed in kraakbeen en botten. Haar gewrichten trokken krom, haar handen leken op klauwen. Pa kon niet zien of zij zich verheugde toen hij haar voorstelde aan ma en vertelde dat ze gingen trouwen, of dat het alleen maar door de prothese kwam. Ze ontmoetten elkaar maar een enkele keer. Ma vroeg hoe het ermee ging en Karen knikte glimlachend zonder te begrijpen wat ze zei (niet in het Duits en ook niet in het Engels) en ze wisselden geen woord met elkaar. Ma probeerde het in het Deens, maar toen ging de deur open. Leif (pa's oudere broer, hij liep mank) kwam binnen met zijn dikke vrouw Kamma en hun drie kinderen. Ze groetten elkaar afgemeten en koel. De kinderen maakten lawaai, sprongen in het rond en holden naar het bed toe. Pa riep: 'Pas op!' Hij nam ma bij de hand en nam afscheid. Ze stelden het uit tot later. Een paar dagen later had oma het gebit uit haar mond genomen.

Karen werd in een urn naast haar man gelegd. Ik leerde haar nooit kennen en miste haar. Ik zat op de vloer voor de grote staande klok te wachten, waar ze als geestverschijning rondwaarde. De klok was afkomstig van de boerderij van haar ouders, Klovergården in Sildestrup. Elk uur wanneer hij sloeg, holde ik naar de hal om de voordeur open te doen, in de hoop dat oma buiten stond. Dat gebeurde natuurlijk niet, maar ik had het gevoel dat zij in aantocht was: tik, tak, tik, tak. Zo dadelijk zou ze de tijd inhalen, aanbellen en dag zeggen.

Bij de schooltest werd uitgemaakt of je er rijp voor was om in de eerste klas te beginnen. De ouders stonden langs de wanden toe te kijken. Ik zat achter de lessenaar tussen de andere kinderen en keek in ma's richting, die straalde en blij naar me wuifde. We kregen een potlood en een vel papier waarop een huis en een vlaggenmast stonden. Juffrouw Kronov, de onderwijzeres, formuleerde de opdracht, die inhield dat je een vlag moest tekenen. Het moest met de wind mee, de richting stond aangegeven met een pijl. Ik zakte. Er was niets mis met de windrichting, maar ik had de Duitse vlag getekend. Ma verontschuldigde zich, waarna ze het erover eens werden dat het beter was als ik een jaartje wachtte.

Onderweg naar huis lachte ma aan één stuk door, en ze zong 'Pulver ist schwarz, Blut ist rot, Golden flackert die Flamme!' Korte tijd later reisden we naar oma in Frankfurt, waar ik op een Duitse kleuterschool werd gedaan. 's Morgens liepen we door de Kettenhofweg (ik had een ransel gekregen) en staken de Mendelsohnstraße over, waar de trams reden. De bakker en de papierwinkel lagen op de hoek, en een eind verderop in de straat leverde ma me in de poort af aan een vrouw met een donkere jurk en een knot in haar haar. Ik was geschokt toen ze me die middag kwam afhalen. Ik weigerde terug te gaan naar die ultraconservatieve school en stribbelde net zo lang tegen tot ma het zuchtend opgaf, een jaarkaart voor de Palmengarten kocht en zelf lesgaf.

's Ochtends lazen we *Winnetou* en *Kleiner Muck* en *Max und Moritz*. Verder tekenden we. Rekenen sloegen we over. In plaats daarvan gingen we naar het natuurhistorisch museum om naar dinosaurussen te kijken. Dat lag een paar straten verderop en heette het Senckenberg Museum. Ik was er dol op. Het was een slot in barokstijl. Er waren brede trappen en vleugeldeuren en hoge ramen, spiegels en verguld stuc. De skeletten waren reusachtig, het leek erop alsof ze in de zalen rondliepen en met wijd open bek klaarstonden, en dat de oertijd elk moment kon uitbreken.

Er stonden modellen van de tyrannosaurus en de brachiosaurus – en van een roofvogel die vleugels had en kon vliegen. En op de eerste verdieping waren opgezette dieren, giraffen en olifanten, vogels, vissen en zoogdieren, die ons vanuit de vitrines aankeken. Helemaal bovenin had je fossielen en stenen. Ma nam me bij de hand als we bij de Egyptische mummies kwamen. We struinden langs schedels en menselijke skeletten in de langste geschiedenis van de aarde. Die was vier miljard jaar oud en aan het eind wachtte me een ijsje.

Nadat we hadden geluncht, kreeg ik vrij en kon ik doen wat ik wilde. Ik wilde naar de Palmengarten. Het was vlak bij de Beethovenstraße, en dan stond je bij de ingang tot een andere wereld. Het was een explosie van bloemen als ik door het telapparaat kwam. De bedden voor het grote witte tropenhuis straalden in duizend kleuren. Er was bediening op de veranda, waar de mensen koffie zaten te drinken en taartjes aten. Als je naar rechts ging, kwam je bij de botanische tuinen en de kassen. Ik holde naar links, naar de vijver en de botenverhuur. Ik roeide urenlang op de vijver en besteedde daar al mijn zakgeld aan. Wanneer ik geen 50-Pfennig-munten meer had (dat kostte het) ging ik aan land en zwierf ik over de steppen en verder van het ene werelddeel naar het andere in de kassen en speelde ontdekkingsreizigertje. Het was er droog met stenen, zand en cactussen – en vochtig en vol met orchideeën. De tropenhitte sloeg je in het gezicht in het palmenhuis, waar het glazen dak zich boven een jungle met grotten en watervallen welfde. Er vlogen fantastische vlinders tussen de palmen. De lucht was levend van vogelgekwetter, zoals ik dat nooit eerder had gehoord. Ik baande me een weg door de bladeren en lianen op jacht naar de schat van de Inca's.

Het was vrijwel onmogelijk om me uit de Palmengarten vandaan te krijgen. Tegen de avond kwam ma me halen op de speelplaats, waar ik in het klimrek zat. Dat had de vorm van een vliegtuig, ik zat voorin bij de stuurknuppel en vloog naar Amerika. Het was een lange reis over de Atlantische Oceaan. Het werd steeds donkerder, de speelplaats was allang leeg. Ma had het koud en smeekte me om naar beneden te komen, tot het eindelijk lukte omdat ze me naar de uitgang lokte met de belofte snoep voor me te kopen. Maar toen we daar aankwamen, was de kiosk dicht. De volgende dag was ze ziek, ze had koorts en werd naar het ziekenhuis gestuurd. Ik bezocht haar samen met oma, en we kregen te horen dat ze longontsteking had opgelopen en dat er voor haar leven werd gevreesd. Het was ontzettend. Pa kwam uit Nykøbing naar ons toe en ik wachtte gelaten op het moment dat ik mijn straf zou krijgen.

De slaapkamer bij oma keek uit op een binnenplaats met garages en een grote kastanjeboom. Er was een herdershond die blafte, hier lag Pension Gölz. Mevrouw Gölz was een zwaarlijvige joodse, die altijd een bloemetjesjurk droeg. Ze zat in haar leunstoel in een overvolle kamer met een slaapsofa en verhuurde de rest van het huis. De familie Djugaric deed het huishouden. Ze kwamen uit Joegoslavië. Mevrouw Djugaric dweilde en deed de schoonmaak gekleed in pantoffels en schort. Haar man was huismeester, en hun dochter had donkerrood haar en heette Dolores.

'Wie im Film,' zei ze, 'Dolores.' Ik werd meteen verliefd op haar, hoewel ze ouder was dan ik. Ze zat zich bijna altijd op te maken. Ze had de spiegel opengeslagen, de lade lag vol make-up, en dan luisterden we naar platen van The Beatles en de The Rolling Stones, 'Paint it black', 'We love you' en een mysterieus nummer dat 'The Road to Cairo' heette. Ze hadden tv, en niets vond ik zo fijn als 's avonds bij hen op bezoek te komen en mee te eten. Haar vader maakte chevapchichi: gehaktrolletjes met gesneden ui, knoflook en paprika. Het rook naar olie en ui wanneer hij die in de keuken stond te braden. Er werd brood en tomatensaus bij opgediend. De televisie ging aan en allerlei reclames passeerden het scherm: voor bouwspaarbanken, wasmiddelen en sigaretten. 'Wer wird denn gleich in die Luft gehen? Greife lieber zur HB' en Afri-Cola, 'sexy-mini-super-flower-pop-op-cola'. Van tijd tot tijd werden die onderbroken door korte tekenfilms, *Die Mainzelmännchen* en *Onkel Otto*. Dan klonk de herkenningsmelodie, en daar had je *Mit Schirm, Charme und Melone*, waar John Steed de wereld redde van de robots en op het laatste ogenblik hulp kreeg van zijn partner in leer, Emma Peel. Ik voelde me als een dubbelagent als ik door de glazen deur bij oma naar binnen sloop (die rinkelde) en ik haar en ma welterusten zoende. Het was mijn geheime missie om zo veel mogelijk televisie te zien zonder te worden ontdekt.

Ik ging bij hen langs, zodra ik me uit de voeten kon maken, en vroeg naar Dolores. We reden zonder kaartje met de tram naar het centrum en wandelden op en neer in de voetgangerszone en in het Kaufhof-warenhuis. Af en toe gingen we naar de Palmengarten en roeiden op de vijver. Ik viste munten voor haar op uit de wensput: 1, 2, 5, 10 en 20 Pfennig in koper, 50 Pfennig en 1 en 2 Mark in zilver. En zij liet me zien hoe je je hand erin kon steken om een Coca-Cola uit de frisdrankautomaat te halen. Mijn beide vlammen, Dolores en Emma Peel, doofden tegelijkertijd toen ik te horen kreeg dat we nu terug naar Nykøbing moesten. Ik zat het groen uit de kastanjebladeren op de binnenplaats te peuteren, waar ik op Dolores wachtte om te vragen of ze ons in Denemarken kwam opzoeken. Dat wilde ze best.

Ma nam me mee naar Café Krantzler, dat aan het Hauptwache-plein lag. We aten er gebakjes en ze zei dat we die avond naar de opera zouden gaan. Daarmee namen we afscheid van Frankfurt. Het operagebouw was een ruïne aan de Opernplatz – groot, hol en uitgebrand. Ik kreeg een pak aan en er ging een uur heen met het kammen van mijn haar. Oma waste mijn gezicht met spuug en een zakdoek. Ma rook naar parfum en straalde met haar sieraden en bontjas. Toen gingen we samen naar binnen om Die Meistersänger te horen. Het was Wagner, zei ze, terwijl we onze plaatsen innamen in de zaal. De luchters glinsterden en het zoemde van de mensen. We waren in de nieuwe schouwburg aan de Theaterplatz. Het was helemaal niet zoals ik me het had voorgesteld, tot de muziek begon en het doek opging. Er waren gebroken zuilen, rook en steenbrokken op het toneel. Ma legde de handeling uit en zei wat er gebeurde. Fluisterend vertelde ze me over die keer dat ze Richard Strauss hoorde in Berlijn in 1940, toen Hitler de zaal binnenkwam met de weduwe van Strauss, Pauline, aan zijn zij. Iedereen was opgestaan, en hoewel ze bang was, was ma blijven zitten, net als Horst, Harro en Libertas. Ik zou ook nooit opstaan, zei ik knikkend, waarna ik steeds dieper wegzakte in de stoel en in slaap viel bij de muziek, die tot in het oneindige doorging. De schaduwen flakkerden, de sirenes loeiden en om ons heen stond de opera in lichterlaaie en brandde tot de grond toe af.

De eerste schooldag was net als Kerstmis, Nieuwjaar en al je verjaardagen bij elkaar. Oma was naar Nykø-

bing toe gekomen om het te vieren. Ze had een 'Wun-
dertüte' meegenomen. Dat was een grote puntzak, die
ze op die dag in Duitsland aan de kinderen gaven. Ik
had nog nooit van mijn leven zoveel snoep gezien en
ik kon de zak haast niet vasthouden. Nu was het zover. Pa nam een foto van me in de deuropening. Ma
ging met me mee naar de openbare school, leverde me
af bij de ingang, nam afscheid en gaf me een zoen op
mijn wang. Ik verheugde me en holde de speelplaats
op, waar de kinderen en de onderwijzers stonden te
praten en te lachen en nergens erg in hadden. Ik voelde me enigszins verloren, tot er iemand was die me in
de gaten kreeg, en toen nog een en nog een. Voor ik het
wist, stond ik midden in de groep met mijn puntzak
in mijn hand – en met een korte Lederhose en groene
kniekousen aan. Toen was het hek van de dam. Langzaam en in de maat hief de hele school het koor aan
dat ik de rest van de dag, alle jaren die erop volgden en
de rest van mijn leven zou horen: 'Rot-mof! Rot-mof!
Rot-mof!'

Nykøbing Falster is een stadje dat zo klein is, dat het
ophoudt eer je er erg in hebt. Als je erin bent, kun je er
niet uit komen. En als je buiten bent, kun je er niet in
komen. Je gaat er dwars doorheen, en het enige spoor
dat het stadje achterlaat, zit in je kleren en stinkt naar
mest in de zomer en suikerbieten in de winter. Hier
werd ik in 1960 geboren, en meer non-existent kon ik
niet worden.

Ons huis lag in de Hans Ditlevsensgade 14 in de
laatste rij vóór de bietenvelden en het Westerbos en
leek als twee druppels water op een rood bakstenen

huis met heg, garage en tuinhekje, maar dat was niet zo. Het was een nachtmerrie waaruit ik niet kon ontsnappen. De voordeur was altijd op slot, de kelderdeur ook, pa had de sleutels in zijn zak. De gordijnen waren dicht en de ramen gingen naar binnen toe open en sloten zich om zichzelf en ons gezin, dat bestond uit pa, ma en mij – en verder niemand.

We zaten met ons drieën rond de eettafel, 's morgens, 's middags en 's avonds, jaar in jaar uit. Met oudjaar zaten we bij elkaar, we kregen champagne, gooiden met rolletjes serpentine en proostten om twaalf uur. We vierden verjaardagen onder ons, net als Pasen, Pinksteren en Sint-Jan. Met dat laatste feest keken we op een afstand naar de vuren en hoorden we de anderen vaderlandslievende Deense volksliederen zingen – 'Wij zijn blij met ons Land' – en elke zomervakantie was het enkel pa, ma en mij wat de klok sloeg.

We maakten autoritjes naar Bøtø en het landgoed Corselitze en reden naar Pomlenakke. Daar wandelden we op de helling tussen de beuken, ma en ik zochten naar platte steentjes aan het strand en keilden ermee. Pa rommelde in het zand met zijn wandelstok en verzonk in gepeins, omdat hij aan het tellen was. In de herfst zochten we naar paddenstoelen in het bos, pa sloeg met zijn stok op de stapels gekapte boomstammen. Sommige daarvan hadden een toon, je kon er een melodie op spelen. In de lente plukten we anemonen en lelietjes-van-dalen. Ma zette die op de tafel in figuurtjes van de Koninklijke Porseleinfabriek (een meisje met een bloemenmand en een visser) en we aten ons avondeten. Alles herhaalde zich tot in het oneindige.

Het waren Papa Schneiders meubels in de eetkamer, donker glanzend mahonie, de stoelen waarin we zaten, de tafel, het dressoir. Het was zíjn bestek waarmee we aten. Zijn monogram was in het zilver gegraveerd. En wanneer mes en vork elk aan een kant van het bord lagen, stond er ss. Het was zijn servies, Villeroy & Boch voor door de week en bij feestelijke gelegenheden het Meissner-porselein. Dat had bloemenmotieven in heldere kleuren. Het klonk als kerst- en nieuwjaarsklokken wanneer ma 'das Meissner' zei en het voor de dag haalde. Het stond opgestapeld met roze zijden papier ertussen: borden voor vijf gerechten en twaalf personen, schalen en terrines. Het gebruik ervan was een heilige handeling. Er kwam een wit laken met borduursels op tafel – en kristallen glazen – en de servetringen lagen op onze plaatsen als handboeien van zilver. We gingen zitten en volgden het ritueel, zeiden hetzelfde en deden hetzelfde. En het bestek rinkelde en speelde een klokkenspel op het porselein, een spel over de angst om stuk te gaan.

We leefden volstrekt geïsoleerd, de buitenwereld was een gesloten boek. Pa en ma hadden geen vrienden en kennissen en geen sociaal leven. Er was niemand op de plaats waar mijn grootouders hadden moeten zijn – en mijn Deense neven en nichten, ooms en tantes. Het was vreemd om van niemand familie te zijn. Pa sprak er nooit over. Als ik vroeg waar ze waren, kreeg ik te horen dat het lang geleden was, alsof dat alles verklaarde. Ma zei soms bijvoorbeeld dat mijn grootvader van vaderskant een fantast was geweest die een gat in zijn hand had. Waarop pa antwoordde dat het niet makkelijk was geweest. Ze gingen er niet nader op in, maar ik hield vol. Op een avond maakte pa een eind aan het verhaal en vertelde waar het op stond: ze hadden de handen van ons afgetrokken. Ik zag voor me hoe onze afgehouwen ledematen in de huiskamer lagen en kon er niet bij dat je zo wreed kon zijn.

Ib was vlak na de bezetting verdwenen. De volgende keer dat pa iets van zijn jongere broer hoorde, was toen de telefoon ging. Dat was in 1944. Hij had zich bij het verzet aangesloten. Pa wist dat het Ibs werk was toen het oproer in Odense uitbrak en de sabotage toenam. Je kon hem door het land volgen van de ene plaats naar de andere waar iets de lucht in vloog: spoorwegen, collaborerende fabrieken. Hij had altijd rotzooi getrapt, en nu kon hij doen waar hij zin in had. Op het laatst moest Ib onderduiken. Hij moest naar Zweden. Om zijn vriendin, Jeanne, te kunnen meenemen, moesten ze trouwen. En hij wilde graag pa's donkere pak voor de bruiloft lenen, als dat in orde was.

Dat was niets voor pa (en Ib was er misschien op uit om hem te plagen) maar hij reisde niettemin naar Kopenhagen, omdat hij getuige moest zijn. Hij hield het pak op een hangertje voor zich omhoog en begaf zich naar Frederiksberg, waar Ib woonde. Maar er was niemand thuis, hij had ergens anders onder een valse naam een adres gekozen. Pa ging van de ene woning naar de andere in de Kopenhaagse wijken Vesterbro, Østerbro en Christianshavn, op zoek naar Andersen, Nielsen en hoe Ib zich nog meer noemde. Hij rolde de hele boel op, tot hij bij de juiste deur aanbelde, waar hij naar binnen werd getrokken.

Ib had opgezwollen, bloeddoorlopen ogen en was

flink toegetakeld. Hij zat tegenover pa in de keuken een sigaret te roken en zei met een vette grijns: 'Je wordt bedankt, hoor! Het zit er dik in dat jij de Duitsers de weg hebt gewezen naar de schuiladressen en dat je een van onze cellen hebt geliquideerd. Wat ben je in godsnaam aan het doen?' Toen stond hij op en zei dat hij het druk had. Pa ging met hen mee naar een van degenen die Ib en Jeanne naar Zweden zou transporteren. Zij stond hen daar op te wachten samen met de dominee. Ze werden vliegensvlug in de echt verbonden en sprongen achter in de bestelwagen. Ib riep dat pa het pak vast wel terug zou krijgen en toen reden ze ervandoor om zich in veiligheid te brengen.

Het was Ib te heet onder de voeten geworden. Een paar weken eerder was hij opgepakt. De Gestapo had hem ondervraagd, hij had brandmerken van sigaretten op zijn armen, maar hij had niets gezegd en had gedaan alsof zijn neus bloedde. Hij was naar een gewone gevangenis overgeplaatst, waar mensen van het verzet hem hadden bevrijd, niet zozeer om zijn leven te redden als wel om te verhinderen dat hij zou gaan kletsen, want hij wist te veel. In 1945 keerde Ib terug met De Deense Brigade en hij vervloekte de Zweden, die verraders waren en met de bezettingsmacht hadden geheuld. Maar bovenal koesterde hij een felle, verbeten haat jegens Duitsers, een haat die elk moment de kop kon opsteken. De volgende keer was het pa's beurt om te trouwen, en wel met dat mooie meisje uit Duitsland.

Ze lieten weten dat ze verhinderd waren: Ib, Leif, Annelise en zelfs tante Petra. Niemand wilde naar de bruiloft komen. Ma zei dat ze hen niet nodig hadden en pa kocht een nieuw pak. Toen reisden ze naar Kelkheim in Taunus, waar tante Eva met haar man Helmut woonde. Eindelijk had ze iemand gevonden. Hij was een rond mannetje van goede afkomst. Naast oma waren zij de enigen die op het raadhuis aanwezig waren. Na de koffie en de taart trouwden ze in een lege kerk. Een snelle kus met spitse lippen, en Helmut reed hen naar Königstein, waar ze zouden overnachten in een chic hotel, dat midden in een park lag en Sonnenhof heette. 's Avonds gingen ze allemaal naar het restaurant, het Haus der Länder. Pa bewaarde de kwitantie als herinnering aan de grote dag. Ze kregen ganzenleverpaté en toast 'mit Butter' voor vier DM, schildpaddensoep voor zeven DM, chateaubriand met patat, bearnaisesaus en sla voor twaalf DM, en als dessert was er sorbet. Om 22.30 uur was de bruiloft voorbij. De onkosten bedroegen alles bij elkaar 135 DM, inclusief drank.

Nu heette ma Romer Jørgensen, Hildegard Lydia Voll Romer Jørgensen, en dat was het eerste wat haar werd ontnomen. Ze mocht niet Romer heten, en pa kon er niets aan doen. Er was een naamsverbod uitgevaardigd. Ze droogde het bruidsboeket, borg het op en noemde zich toch zo, maar het stond niet in haar paspoort. Dat was Duits net als zijzelf, en dat zou ze merken ook. De Tweede Wereldoorlog was nooit opgehouden wat pa, ma en ons gezin betrof. Nyköbing was nog steeds bezet.

Het volgde seizoen keerde ze terug naar de suikerfabriek, waar ze haar werk in het laboratorium voortzette. Het salaris stond ze aan pa af, zoals men in die tijd nu eenmaal deed. Hij gaf haar huishoudgeld, vijfentwintig kroon per week. Daar kon je niet veel mee doen, en alles kostte meer voor ma, die met haar schuld rondliep. Ze betaalde zich blauw en dekte de tafel op het balkon in de Nybrogade. Ze serveerde kreeftensoep, biefstuk, riesling, meloen en slagroom-taarten voor pa. Hij was immers zo mager als een bo-nenstaak, zei ze, waarna ze hem een zoen op zijn wang gaf. En voor zijn verjaardag kreeg hij een sjaal van ech-te kasjmier. Pa kon zijn geluk niet op. Wanneer hij er-over vertelde tijdens de koorrepetities met Brage, ge-loofden de anderen hun oren niet. Ze beklaagden zich bij hun vrouwen. Waarom konden die niet net zo veel gedaan krijgen voor het geld als zij en niet iets anders verzinnen dan gestoofde boerenkool?

Ma had zonder het te vertellen een van de schilde-rijen uit Kleinwanzleben verkocht en een geheime re-kening in Duitsland geopend met haar aandeel (Eva en oma kregen het hunne) en ze gebruikte het om hun be-staan te veraangenamen en een appeltje voor de dorst te hebben. Ze sloeg van zich af en werd gechicaneerd, er werd geroddeld. Het maakte het er niet beter op dat zij verantwoordelijk was voor de analyse van het sui-kerpercentage in het laboratorium. Dat was name-lijk bepalend voor het bedrag dat de boeren voor hun bieten kregen. Die klaagden en zeiden dat de getallen te laag waren, maar zij veranderde geen decimaal. En zelfs de directie had het op haar voorzien, omdat zij buiten hen om door directeur Arnth-Jensen was aan-gesteld.

Het viel moeilijk uit te maken wie haar het meest haatte. Zij maakte het er nog erger op door er piekfijn uit te zien, zoals men zei. Toen het tijd werd voor de grote zomerexcursie met Brage, waar de families ook mee mochten naar de lunch in Virket, was ma niet uitgenodigd. Daarop zei pa zijn lidmaatschap op. Hij had een goede tweede tenor en kon schuiftrompet spelen (hij had in de orkesten van de jeugdorganisatie FDF gezeten) maar het enige wat ik hem ooit hoorde spelen was 'Wat is het bos toch fris en groen', op een lakplaat met het Zangkoor Brage. Die zette hij altijd op met oud en nieuw – wij zaten in de huiskamer en staken de kerstboom voor de laatste keer aan – en als hij afgelopen was en je vroeg wat hij nu wilde horen, antwoordde pa dat hij niet om muziek gaf.

Zij was een perfecte echtgenote, zei hij op de logebijeenkomsten, als ze het onderwerp aanroerden: het Duitse probleem. Na afloop slenterde hij weer naar huis in rokkostuum, alsof hij net van een begrafenis kwam. Ma vroeg wat er zich afspeelde bij de vrijmetselaars. Hij schaamde zich en gaf geen antwoord. Toen trok hij andere kleren aan en hij klapte de hoge zijden hoed tot een plat vlak ineen. Later op de avond vertelde hij het natuurlijk, en hij probeerde het haar uit te leggen, maar zijn woorden klonken steeds verkeerder. Het was kiezen of delen: de vrijmetselaars of ma. Daarna zette pa de hoed nooit meer op.

Van hieraf ging het aan één stuk door. Hij pakte zijn spullen bij elkaar, verliet de burgerwacht en kwam niet meer op de bijeenkomsten van de fotovereniging. Dat was zijn grote hobby geweest. Er lagen honderden foto's in zijn bureauladen met landelijke kronkelwegen, gele haver, idyllische boerderijen en fraaie uitzichten, waaronder de krijtrotsen op Møn en kas-

teel Ålholm. Ze leken op ansichtkaarten en er stonden geen mensen op. Gaandeweg verdwenen die ook
in werkelijkheid van het toneel. Pa nodigde mensen
uit voor het avondeten en ma serveerde 'Sülzkotelet-
ten' met sierlijke decoraties, die ze uitsneed in ingemaakte augurken en wortels. De mensen deden zich
te goed, dronken en zongen mee wanneer zij achter de
vleugel plaatsnam, maar geen van hen nodigde hen op
hun beurt uit. Hun kring werd steeds kleiner, zelfs de
jeugdvrienden lieten het afweten. Niemand wilde nog
langer met hen omgaan. Ma haalde haar schouders op,
ze verachtte hen en noemde hen proletariërs.

Het kwam als een schok voor hem toen ma zei dat
hij zijn baan bij de Deense Bouw Assurantie moest op-
zeggen. Dat was pa's laatste houvast. Toen stortte pa
in. Hij huilde anders nooit. Het klonk merkwaardig,
ver en hol. Ma troostte hem en legde uit dat het bedrijf
op hem dreef, maar dat hij ondanks dat niets anders
was dan... procuratiehouder. Henry Mayland had zijn
post aan zijn huwelijk te danken en was incompetent.
Die zat in het grote kantoor duimen te draaien omdat
hij Damgårds schoonzoon was en liet al het werk over
aan pa. Natuurlijk zou pa directeur moeten zijn.

Pa zei zijn baan op – hij deed altijd wat zij zei – en
trok met tegenzin naar Kopenhagen. Hij zocht Ib op
en kreeg een baan bij hem. Ib had een reclamebureau
en fraudeerde, hing de mooie meneer uit en dronk zoals gewoonlijk. Ze hadden net I.G. Farben als klant gekregen en draaiden die rotmoffen een poot uit, pochte
hij. Ma zei dat hij het voor lief moest nemen en het
een tijdje aan moest zien. Er ging een maand en een
halfjaar mee heen voordat hij eindelijk werd opgebeld.

Het was advocaat Victor Larsen, hij zat in het bestuur van de Deense Bouw Assurantie. Damgård was overleden, en ze wilden pa graag opnieuw aanstellen. Hij was bereid om ja en amen te zeggen, maar ma was onvermurwbaar en dwong hem ertoe te eisen waar hij recht op had. Ze vond dat er geen sprake van kon zijn dat hij als iets anders dan directeur van die vergadering vandaan kwam. Pa kon het zelf haast niet geloven: hij straalde toen hij terugkwam, hij was directeur geworden! Onderdirecteur!

Pa slaagde er nooit in om erkenning te vinden in de verzekeringsmaatschappij, waar hij negenenveertig jaar en acht maanden zou komen te werken. Hij moest accepteren dat hij onder Henry Mayland stond, die niets uitvoerde, en dat hij de hand van diens vrouw moest kussen. Ma verafschuwde haar. Pa kreeg zijn nieuwe titel en zijn nieuwe kantoor. Dat was klein en lag gelijkvloers, terwijl een trap naar het lokaal voerde waar Mayland in zijn leren stoel achter een enorm bureau zat. Na de benoeming en de bestuursvergadering was er een diner. Ma had zich mooi gemaakt, ze had haar haar gedaan en was knap als een filmster. Hij schrok ervan. Ze overschaduwde mevrouw Mayland en liet aan de directie uit Kopenhagen zien wie er hier de directeursvrouw was. Pa rechtte zijn rug, hij werd steeds langer en was groots als een pauw toen ze vertelde dat er een kind op komst was.

Ze moesten iets groters zien te vinden, de salarisverhoging was genoeg voor een huis. Ma wist hem zover te krijgen dat hij een bedrijfsauto verlangde die passend was voor een directeur. Het moest een Mercedes zijn. Hij kreeg het kleinste model, een donkerblauwe Mercedes 180. Dat was de enige in het stadje. Pa deed haar een bontjas cadeau, een ocelot. Zij zei haar baan op bij de suikerfabriek en nam naast pa in de auto plaats. Toen reed hij ervandoor in de eerste versnelling en daarna in de tweede en maakte een ritje door Nykøbing. Sindsdien zagen ze helemaal niemand meer, het werd volkomen leeg om hen heen.

In 1959 verhuisden ze naar een vrijstaand huis in de Hans Ditlevsensgade. En ma liet haar uitzet uit Einbeck overkomen. Die arriveerde in een goederenwagon, werd op het station uitgeladen en naar huis getransporteerd. Toen installeerden ze de eetkamer uit Kleinwanzleben. Het dressoir, de tafel, de stoelen, het zilverwerk en de fruitschalen kwamen op hun plaats en het porselein werd uitgepakt. Het tweepersoonsbed en de klerenkasten werden de slaapkamer in gedragen. Ze rolden de kleden uit beneden in de huiskamer, en ma hing de schilderijen op. Als het puntje op de i openden ze een van de wijnflessen die was overgebleven uit Papa Schneiders voorraad. Het was er een uit 1892, heel kostbaar. Pa proefde ervan en zei 'aah'. Ma lachte: hij smaakte naar azijn. Hij was niet bestand geweest tegen de behandeling en was bedorven. Ze zag voor zich hoe de partijtop in Oost-Duitsland, die de wijn bij wijze van steekpenningen had gekregen, de glazen inschonk, toostte en een pruimenmondje trok. Ze haalde het dekbedovertrek voor de dag – hun familiewapen was erin geborduurd – en maakte het bed op. Pa keek naar buiten, controleerde alles, deed de voordeur op slot en ging naast ma liggen om te gaan slapen. Zij was een droom in een bed in een ander land.

's Morgens viel het zonlicht door de gordijnen, het sloop over de vloer als een tijger en likte mijn wang. Ik werd altijd wakker voordat ik werd opgegeten. Hij was weg, maar ik hoorde hem buiten brullen. Ik was ervan overtuigd dat er tijgers en leeuwen in de straten rondliepen. Soms leek ik ook andere dieren te horen – bavianen, papegaaien – en de heg rond ons huis diende ertoe om de roofdieren buiten te houden net als in *Peter en de wolf*.

Wat ik hoorde was de dierentuin. Ik had ervan gedroomd sinds onze juf, mevrouw Kronov, had gezegd dat we op excursie zouden gaan met de klas. We stelden ons op in twee rijen en marcheerden door het stadje, voorbij het station en naar het Zuider-Kohave-Bos. We gingen het Volkspark Nykøbing binnen. Er stond een kiosk bij de ingang, waar ze spaghetti voor apen en ijs voor kinderen verkochten.

Je kon de geiten aaien, maar de bokken werden agressief en wij holden naar buiten. Links lag de berengrot, waar een bruine beer danste voor suikerklontjes en tot in het oneindige ronddraaide. Er liepen antilopen op het doorploegde veldje tussen de koeien, en de flamingo's stonden op steeltjes in de vijver te verrotten. De apen knaagden aan de tralies, trokken grimassen en strekten hun armen uit naar de spaghetti. De leeuwen waren skeletten, hun manen vielen uit. En een reuzenschildpad lag op zijn rug dood te wezen. Dat stonk ontzettend. En bij de uitgang zat een papegaai, een blauwe ara, heen en weer te wiebelen, terwijl hij op zichzelf los hakte en mij met gemene, gele ogen aankeek. Ik kon hem niet uit mijn hoofd zetten.

We marcheerden terug naar de openbare school, alsof er niets was gebeurd. Achter ons vermengde het gegil en gebrul van de dieren zich tot één oorverdovende schreeuw, maar dat hoorden ze niet in Nykøbing. Ik nam een porseleinen figuurtje mee naar huis, dat ik in de kiosk voor mijn snoepgeld had gekocht. Een zeeleeuw. Ma gaf me een zoen en omhelsde me en zette het op het nachtkastje. Daar bleef het staan als herinnering aan mijn excursie met de klas. Het was een souvenir van de hel op aarde.

Een paar keer per jaar deden pa en ma op grote schaal boodschappen. We gingen met de veerboot naar Duitsland. De tafels trilden wanneer die van wal stak. Koning Frederik, koningin Ingrid en kroonprinses Margrethe schudden in hun lijsten aan de wand. De vrouwenstem in de luidspreker wenste ons in drie talen een goede overtocht toe en vijfenveertig minuten lang waren er geen grenzen in de belastingvrije winkel. Toen ging het verder naar Lübeck, we wandelden door de voetgangerszone en gingen de ene winkel in en de andere uit. Ik paste een veelkleurig overhemd dat ma had opgeduikeld, en dacht met angst en beven aan de dag dat ik ermee op school zou verschijnen. We aten in de Rathauskeller 'Wienerschnitzel mit Pommes frites' en later waren we in de tearoom annex banketbakkerij waar ze marsepein maakten, Niederegger. Ik kreeg een Italiaans ijsje, ma dronk koffie en rookte een cigarillo en zei: 'Zo'n Marzipan gibt's nicht in Dänemark.' Zij zat met de boodschappentassen: handschoenen, schoenen en een jurk van Jaeger. Pa gaf haar gelijk, in Denemarken kon je ook geen behoorlijke worsten en echte chocolade krijgen. Dus reden we naar luilekkerland, waar het beste op één plek was geconcentreerd: de Citti Grossmarkt.

Dat was een kathedraal: zelfs de winkelwagens waren zo groot dat er twee mensen aan te pas kwamen om ze te duwen. We liepen langs de schappen in de gangen, alles zag eruit alsof je het door een vergrootglas zag. Er waren enorme ingelegde gele augurken, ingemaakte komkommers en meer soorten chips dan ik ooit had gezien en er kwam geen eind aan de gekleurde rollen met Smarties. Pa vulde de bagageruimte met ham, zuurkool, worsten in blik, jam, zoute stengels, chocolade, wijn en wodka. De auto lag zwaar op de weg toen we terug naar huis reden. De tegenliggers toeterden en gaven ons lichtsignalen omdat ze door de koplampen werden verblind. Wanneer we weer thuis waren, pakte hij de waren systematisch uit en etaleerde ze in de huiskamer, waarna hij een foto van de buit nam. Dan stouwde hij de aankopen weg in de voorraadkelder en noteerde ze in zijn agenda. Hij registreerde alles met prijs en aantal: Maggi, Dr. Oetker, Nutella. We kregen frankfurters in de keuken, ma serveerde ze met mosterd en bieten en zei 'mmm', pa knikte en bemachtigde nog een knakworst uit de pan. Het was alsof ze hamsterden voor de oorlog, en dat deden ze in zekere zin ook.

Tante Annelise, pa's zus, was het onechte kind van koning Christian x en noemde zich prinses Ann; als ze haar invalidenpensioen haalde, was dat haar apanage. Ze was krankzinnig. Ik kende haar alleen maar van de enkele keer dat ik per abuis de telefoon had opgenomen en zij aan de andere kant van de lijn was:

'Goedendag Knud, denk je dat ik je vader mag spreken?' Ik haalde pa er snel bij, die de hoorn pakte en met haar sprak. Ma en ik luisterden gespannen. Het gesprek draaide er altijd op uit dat pa afscheid nam en 'ik stuur je een envelopje' zei. Zodra hij had opgehangen, had het gesprek nooit plaatsgevonden. Toch was dat zo, en op een dag werd er aangebeld. Annelise stond in de deuropening.

Het wilde er bij mij niet in dat zij het was, tante Annelise, die tegenover me op de bank in onze huiskamer de ene sigaret na de andere zat te roken. Haar handen trilden, ze probeerde zich te vermannen en de asbak te raken die pa voor haar had neergezet. Ze had me de stuipen op het lijf gejaagd en ik wist zeker dat het besmettelijk was en dat we zo meteen allemaal waanzinnig zouden worden. Ma kwam met een biertje, ze zette de fles op een zilveren onderzettertje om het mahonie te ontzien. Annelise zei dankjewel en sprak nerveus, alsof ze elk moment kon gaan zingen en dansen, vloeken en raaskallen.

Pa en ma fluisterden daarna over haar in de keuken. Het was niet de bedoeling dat ik het zou horen. Pa zei: 'Geen sprake van.' Ma antwoordde dat Annelise geen plek had om naartoe te gaan en dat ze niet eens kleren had. Ze was gearresteerd door de Engelse douane omdat ze pornografie het land in smokkelde. Ze had een man ontmoet in Nyhavn, met wie ze verkering had. De ambassade had haar teruggestuurd naar het psychiatrisch ziekenhuis in Oringe, en nu was ze in plaats daarvan op weg naar Kopenhagen. Uiteindelijk bleek het haar zoals gewoonlijk om geld te doen. Als pa haar nu maar wat kronen gaf, zou ze net zo snel verdwijnen als ze was gekomen. Pa bezweek en liet haar overnachten in de logeerkamer.

Ik had nog nooit in één keer zoveel verboden dingen gehoord. Dit sloeg werkelijk alles. Ik durfde er niet aan te denken dat tante Annelise in de kelder lag te slapen. Toen ze de volgende ochtend boven kwam, overhandigde pa haar een envelop. Ze kreeg wat kleren van ma en een afgedankte bontjas en bekeek zichzelf tevreden in de garderobespiegel. Ze keek ons aan alsof ze verwachtte dat we een knieval zouden maken. En toen begon ze dwars over de akkers linea recta naar Kopenhagen te lopen, terwijl ze met een gebalde vuist zwaaide en riep: 'Het stinkt hier naar dood en verderf!'

Tante Annelise was verwend vanaf de dag dat ze haar ogen opsloeg. Zij was het enige meisje en de jongste, en haar leven was één groot verjaarsfeest. Ze was knap en kreeg altijd haar zin. Ze speelde met mensen alsof het poppen waren. Die deden wat zij zei en speelden het spelletje mee. Tijdens haar puberteit ging ze zich steeds extravaganter gedragen. Ze las goedkope liefdesromannetjes en wilde actrice worden. Ze volgde danslessen bij de actrice Birgitte Reimer en flirtte met Birgittes man, hoewel die oud en getrouwd was en kinderen van haar eigen leeftijd had. De ene dag was ze filmster en op weg naar Hollywood, de volgende was ze non en gaf ze alle luxe op. Toen het schip van de koning langskwam en in Nykøbing aanmeerde, was ze helemaal van de kaart. Er deden geruchten de ronde dat koning Christian affaires had in het stadje. Toen was ze wekenlang hofdame en onbenaderbaar. Ze was te chic voor deze wereld, en als ze thuiskwam met een schriftelijke klacht over haar gedrag op school, zei opa dat Annelise gewoon te veel fantasie had.

Annelise droomde dat ze ergens anders was en verlangde naar het leven in de grote stad. Haar grootste genoegen was de toneelclub. Ze ging met hart en ziel op in de voorstellingen in Hotel Baltic. Op de planken was ze zichzelf en liet ze zich gaan in hooggespannen drama's. Ze was Desdemona en Nora en kon haar rol niet van zich afzetten. Na de voorstellingen ging ze door met feestvieren. Ze begon te drinken en met mannen uit te gaan. Ze was nog geen achttien toen ze zwanger werd van een fotograaf, Lars Krusel, die foto's van haar had genomen. Ze trouwden met koninklijke dispensatie, en Annelise ontsnapte uit Nykøbing.

Ze verhuisden naar Haderslev in Zuid-Jutland en kregen een dochtertje, Pernille. Het was niet zoals zij het zich had voorgesteld. Haar rol was uitgespeeld, het ging niet meer om haar. Ze waste luiers en zorgde voor het eten, en in dat gewone leven ging ze elke dag een beetje verder dood. Ze ging weer naar cafés en ontmoette een dokter uit Noord-Sjælland, Jørn-Erik, die ze verleidde en met wie ze trouwde. Hij was een stuk ouder dan zij en liet zich scheiden van zijn vrouw. Ook Annelise liet zich scheiden en ze nam Pernille mee. Nu begon het lieve leventje in Kopenhagen, met toneel, diners en dans. Ze dronk cocktails en rookte sigaretten in een sigarettenpijpje. Jørn-Erik schreef recepten uit en voorzag haar van stuff waar dromen van gemaakt zijn: zenuwpillen en morfine. Zij was een ster en deed aan een film mee. Er leek geen eind aan het succes te komen.

Annelise was meestal slechtgeluimd en gedeprimeerd, maar ze was als bij toverslag veranderd na elk bezoek aan het toilet. Ze schminkte zich en kleedde zich in dramatische gewaden van satijn met lovertjes en met veren die om haar heen fladderden. Als ze met haar dochtertje door de chique Bredgade liep, draaiden de mensen zich om. Pernille haalde haar schouders op en keek naar de grond. Ze kwamen bij het plein voor paleis Amalienborg aan. Annelise stopte, wees naar het paleis en zei: 'Kijk, hier is het!' Toen begaf ze zich naar de poort en ze belde aan. Ze moesten lang wachten, tot er een man naar buiten kwam die vroeg waarmee hij hen kon helpen. Annelise nam hem van top tot teen op en vroeg wat hij zich verbeeldde. Besefte hij dan niet wie zij was: prinses Ann?! Hij gooide de deur voor hun neus dicht, waarna ze onverrichter zake omkeerden. Een paar weken later stonden ze er opnieuw.

Jørn-Erik kon er niets aan doen, hij was net zo verslaafd aan haar als zij aan de medicijnen. Hij was een weke, bleke man, en zij bevredigde al zijn lusten, zolang hij haar voorzag van pillen, advocaat en geld om kleren en schoenen voor te kopen en open hof te houden. Haar kennissen kwamen op bezoek, speelden spelletjes met haar en lachten haar uit terwijl ze zich volgoten. Ze kreeg nog een kind – een zoontje, Klaus – naar wie ze niet omkeek. Het was een grote bende bij haar, alles hoopte zich op, de afwas werd nooit gedaan. Ze kregen niets te eten en geen schone kleren aan, en op een dag had Jørn-Erik er genoeg van. Bij zijn thuiskomst bleken al hun meubels vanaf de derde verdieping uit het raam te zijn gegooid en op straat te liggen. De mensen waren te hoop gelopen. Toen hij de deur opende, liep Annelise tegen hem te raaskallen en ze beval hem om voor haar te knielen. Hij zakte op zijn knieën en smeekte haar om op te houden en tot zichzelf te komen, maar dat maakte haar nog razender. Van nu af aan wilde ze alleen nog maar met haar koninklijke titel worden aangesproken.

Het was hoog tijd dat Jørn-Erik zich vermande en er iets aan deed, hoewel hij bang was dat hij zou worden gecontroleerd op de recepten die hij uitschreef. Hij zei tegen Annelise dat ze waren uitgenodigd voor het bal op het kasteel in Corselitze, dat 's zomers door de leden van het koninklijk huis werd bezocht. Ze dofte zich op in een lange jurk, met opgestoken haar en sieraden, en ze klaagde over hun auto, een gewone Volvo, die niet met hun stand overeenkwam. Onderweg roddelde ze aan één stuk door over de hofmaarschalk, over kamerjuffers en kappers, en over affaires in de hogere kringen. Bij Vordingborg sloeg hij af, en hij reed in de richting van Marienberg. Aan het eind van de allee lagen de grote, witte gebouwen. Annelise tutte zich op in de spiegel en maakte zich gereed voor haar grote entree. Haar ogen straalden, alles was feestelijk verlicht. En toen stapten ze samen het Psychiatrisch Hospitaal Oringe binnen.

Het zei alles over de plek waar ze zich bevonden dat het psychiatrische ziekenhuis het grootste bedrijf van Vordingborg was, en als Jørn-Erik dacht dat hij zo gemakkelijk van Annelise afkwam, vergiste hij zich. Ze was een paar kilometer verderop opgegroeid, aan de andere kant van de brug. Daardoor kende ze de mensen door en door en wist meteen wat er op til was.

Ze wierp de verpleegsters en de arts veelbetekenende blikken toe. De arts vulde de papieren in: 'Verzoek tot opname van een geestesgestoord persoon.' Toen hij daarmee klaar was, keek hij op en hij gaf Jørn-Erik een knipoog. Hij overhandigde de papieren aan Annelise, die haar handtekening moest zetten. Dat deed ze. Toen was het Jørn-Eriks beurt. Glimlachend zette hij de pen op het papier, maar toen verwonderde hij zich. Er was iets mis, hier klopte iets niet, er stond een verkeerde naam. Niet Annelise zou worden opgenomen, maar hij, Jørn-Erik Mølby! Hij liet de balpen vallen en vroeg hoofdschuddend wat er hier eigenlijk aan de hand was. Niet híj was ziek, maar zij. Hij wees naar Annelise en kwam overeind. Hij was zelf dokter, dus hij wist waar hij het over had! Annelise zuchtte, alsof ze dit honderden keren eerder had gehoord, en de arts gaf haar een knikje van verstandhouding. Hij zei dat er natuurlijk een handtekening van de hoofdcommissaris van politie voor nodig was om iemand gedwongen te laten opnemen, maar dat viel met een telefoontje te regelen. En was haar man gevaarlijk voor anderen dan zichzelf?

Dit hele verhaal hoorde ik van Pernille. Pernille was een mager meisje met spelden in haar haar – en bang als een muisje. We waren bij de begrafenis in Herlev en stonden met zijn tweeën buiten de kerk. Om ons heen stond de familie, in groepjes opgedeeld, elkaar te negeren. De meesten had ik niet eerder gezien, ik kende hen alleen maar van horen zeggen, het was alsof ze eigenlijk niet bestonden. Tante Annelise droeg een rouwjurk en een zwarte voile, een zwarte hoed en lange, zwarte handschoenen. Ze snikte als een bezetene.

Jørn-Erik zag er bleek en diepbedroefd uit en voerde een gesprek met de pleegouders van Pernille, Hanne en Jens – hij was kapitein bij de marine. Oom Ib sloot zich bij het gezelschap aan en zwaaide naar me. Hij had een bierbuikje. Ma schoot op me af, nam me bij de hand en zei dat we nu weggingen. Toen reden we terug naar Falster. Er heerste een gedrukte stemming in de auto.

Jørn-Erik was sinds de rit naar Vordingborg volledig aan Annelise overgeleverd. Het was hem nog steeds een raadsel hoe het haar gelukt was niet te worden opgenomen. En nu dreigde zij de kinderen van hem af te pakken als hij niet deed wat ze zei. Ze hield hem lachend de ziekenhuisdocumenten onder de neus. Jørn-Erik berustte, hij deed wat zij verlangde en troostte zich met morfine en whisky-soda's. Hij was min of meer haar slaaf, zei ma hoofdschuddend. 'Genoeg hierover...,' zei pa. Hij deed de autoradio aan, maar deed hem weer uit omdat er alleen maar muziek op was. We deden ons best om niet aan het gebeurde te denken, maar dat was natuurlijk onmogelijk.

Het was jarenlang zo doorgegaan, maar op een gegeven moment was Annelise niet langer geïnteresseerd. Ze accepteerde een scheiding van tafel en bed, mits hij een forse alimentatie betaalde. Ze hield de jongste, Klaus, bij zich. Jørn-Erik verhuisde en Pernille kwam in een pleeggezin, waar Jørn-Erik gaandeweg steeds vaker over de vloer kwam. Hij hield Hanne, de vrouw van de marinekapitein, warm als haar man aan een vlootoefening deelnam. Ze vierden samen Kerstmis en gingen samen op vakantie naar het zomerhuisje in Zweden en hielden de driehoeksverhouding gaande, tot de telefoon ging en de stoppen doorsloegen. Het was de politie, die kwam meedelen dat zijn zoon, Klaus Mølby, dood was. Ze hadden hem opgehangen aan de keukendeur aangetroffen bij Jørn-Eriks voormalige echtgenote, Annelise Romer Jørgensen. Alles duidde erop dat hij zelfmoord had gepleegd. Er waren echter een paar zaken waarover ze het graag met hem wilden hebben. Er waren onder andere grote hoeveelheden morfine, valium en zenuwpillen gevonden en recepten die op zijn naam waren uitgeschreven. En kende hij een zekere... prinses Ann?

We woonden in een huis dat onder belegering was. Pa nam geen enkel risico met Nieuwjaar, als het op zijn ergst was en de kinderen constant aanbelden, zevenklappers en rotjes door de brievenbus gooiden en wegrenden. Ze stalen het hekje, gooiden de vuilnisemmer om in de garage en zetten een kerstboom in de schoorsteen. Dat ontdekten we pas de volgende dag wanneer iedereen het kon zien en ons uitlachte. Hij had een hekel aan nieuwjaarsavond. Hij zette de deurbel vast met een stukje karton, plakte de brievenbus met tape dicht en lichtte het hekje uit de hengsels en zette het in de schuur. Verder zette hij overal struikeldraad uit. Ondertussen mopperde hij over het vuurwerk, dat was een slechte gewoonte die verboden moest worden. Hoeveel huizen met strodaken zouden er dit jaar afbranden, om nog maar te zwijgen van verloren vingers en allerlei oogletsel?

Op een keer kwam de familie Hagenmüller bij ons op bezoek om oud en nieuw te vieren, samen hun zoons, Axel, Rainer en Claus. Het was fantastisch om oom Helmuts auto door de Hans Ditlevsensgade te zien rijden. Die was veel groter dan de onze, maar pa zei dat die van ons vier keer zo duur was vanwege de belasting. Als wij in Duitsland woonden, zou hij een Mercedes 500 hebben gehad! We haalden oma van het station. Axel pakte haar koffer, Rainer opende het portier en Claus ging naast haar op de achterbank zitten om bij haar in de gunst te komen. Ze waren uitsluitend uit op snoep en geld, ze wilden oma uitbuiten en haar van mij afpakken. Ik wenste hen naar de hel, maar dacht er niet aan dat die hel op de keper beschouwd hier was.

Ma dekte de tafel met het Meissner-porselein; we zouden kreeft, champagne en amandelgebak krijgen. Ze had serpentines en feesthoedjes gekocht – en het mooiste van alles: vuurwerk. Dat was feestelijk, zei ze. Je moest de boze geesten verjagen in het nieuwe jaar. Pa zuchtte en ik verheugde me de hele avond op twaalf uur. Er heerste een slechte stemming, pa vergeleek de Deense en Duitse prijzen van alle mogelijke producten en had het over belasting en accijnzen. Helmut schudde het hoofd van verbazing dat dic zo hoog waren in Denemarken, ongelooflijk gewoon. Het ging erom dat er geen gevoelige onderwerpen werden aangesneden, vooral de erfenis niet.

Papa Schneider was overleden zonder een testament te hebben nagelaten, en Eva was de directe nakomeling. Zij was 'blutsverwandt' en daarom in principe de enige erfgenaam. Toen eindelijk de 'Entschädigung' kwam, de vergoeding voor de verliezen in Oost-Duitsland, pikte Eva alles in. Je hield het niet voor mogelijk. Hoe kon ze dat doen, en dan nog wel tegen haar eigen moeder en zus? Het was alsof er een zweer werd doorgeprikt. Ze overlaadde hen met klachten en beschuldigingen. Oma had nooit van haar vader gehouden en had hem alleen maar vanwege het geld genomen. Hilde was 'Tochter des hochgeliebten Heinrich Voll', terwijl zijzelf 'Tochter des nicht so hochgeliebten Papa Schneider' was, en ma had alle mannen van haar gestolen en haar leven geruïncerd! Ze riep en schreeuwde hysterisch, en ze kregen niets anders dan de acht procent waarop ze recht hadden, geen procent meer. Ma schonk haar aandeel aan oma en zwoer wraak.

We hoorden de raadhuisklokken op de mahoniehouten radio, die voor de gelegenheid was aangezet, en we proostten met de chique glazen – Eva en Helmut, Axel, Rainer en Claus en oma. En pa zei 'rustig nou' en 'voorzichtig' als ik met ma klonk. Zij rookte een cigarillo en zei dat er nu feest was. Toen haalde ze de zak met vuurwerk tevoorschijn en ging de straat op om de vuurpijlen af te steken. Ze stak de lonten aan met haar brandende cigarillo. De vuurpijlen sisten en explodeerden hoog in de lucht en vulden de hemel met een zee van sterren en gouden regen. De tranen rolden over oma's wangen: 'Ach wie schön.' De mensen kwamen naar buiten om te kijken. Er waren zonnen en kometen, de fonteinen groeiden en verspreidden een waaier van bloemen die knetterend op ons neerdaalden. Het eindigde met een reusachtig knaleffect. Toen het stil was, kon je een aanhoudende huiltoon horen die uit het huis kwam. Het was Eva. Ze had tijdens een bombardement een shock opgelopen en was daar nooit van hersteld. Ze stond in de eetkamer, krijtwit en versteend, en haar gegil ging als een barst door het porselein.

Ze hadden hem geslacht, zei ma. Horst Heilmann, haar Horstchen, was terechtgesteld en opgehangen aan een vleeshaak. Haar stem deed pijn en behoorde aan een andere vrouw toe. Die woonde binnen in ma en was allang dood. Ik was bang voor haar en verstopte me in mijn kamer als zij opdook. Haar ogen werden koud en vaag en keken me aan vanaf de andere kant van het graf.

Ma dronk om haar herinneringen de kop in te drukken, wat het alleen maar erger maakte. Elke keer wanneer ze een wodkafles leegde, zei ze 'vollstreckt', en dan was het een grauwe winterdag in december 1942. Achter de muren en de ijzeren poort lag de strafinrichting Berlin-Plötzensee; de gebouwen en binnenplaatsen waren beveiligd met prikkeldraad en tralies. De vloeren waren geboend en glansden op de dodengang, in het midden liep een groene linoleumstreep die nooit betreden mocht worden. De streep was spiegelblank – 'blitzblank' – en dat was ontzettend.

Voor de celdeuren stonden de krukjes met de gevangeniskleding, netjes opgestapeld zoals in het leger: broek, jasje, kousen. De eetschaal erbovenop, de schoenen eronder. Er scheen slechts een heel zwak licht (er werd bezuinigd vanwege de oorlog) en het was er troosteloos en stil. In de cellen zaten Horst, Harro, Libertas, Arvid, Mildred en de anderen van de Rote Kapelle te wachten tot ze zouden worden gehaald; in gedachten smeekten ze om hulp, maar de situatie was uitzichtloos.

Sommigen van hen hadden proberen te vluchten en hoopten aan hun lot te ontkomen. Rudolf von Scheliha organiseerde een afspraak in Café Krantzler, zogenaamd om een Sovjetagent aan te geven. Hij bestelde een kopje koffie en wachtte. Plotseling kwam hij overeind en verborg zich achter een cafébezoeker die op weg naar het toilet was. Hij holde via de keukendeur naar buiten, recht in de armen van de politie. Die lachten hem uit. Ilse Stöbe beraamde het ene vluchtplan na het andere en probeerde van alles. In de dodencel had ze seks met een van de cipiers, die haar wilde bevrijden. Die werd ook opgehangen.

Schulze-Boysen probeerde tijd te winnen met een truc. Hij vertelde dat hij documenten naar Stockholm had gestuurd die een ernstige bedreiging voor de Duitse strijdkrachten vormden. Hij wilde niet verklappen waar het precies om ging, maar zei dat hij de waarheid zou vertellen als men hem garandeerde, in het bijzijn van zijn vader, dat de executies werden uitgesteld. Hij mikte er wanhopig op dat het Duitse front binnen korte tijd zou instorten, het Russische tegenoffensief zou zijn ingezet en dat Amerika de oorlog zou hebben verklaard. Commissaris Panzinger accepteerde dat, en zijn vader werd gehaald. Deze was marineofficier en familie van grootadmiraal Alfred von Tirpitz. Harro speelde zijn troef uit en verklaarde dat de waarheid over de documenten in Stockholm was dat die er niet waren; dat was het einde van de deal.

Het was een radiobericht uit Moskou aan de agent in Brussel, 'Kent', dat de Duitse inlichtingendienst op het spoor had gebracht. Ze vingen het op in oktober 1941, maar konden de code pas een halfjaar later kraken, toen de Gestapo erin slaagde de operateur, Johann Wenzel, te arresteren. Die was niet bestand tegen de martelingen en gaf hun de sleutel tot de geheime mededelingen, waaronder adressen en telefoonnummers van drie contactpersonen in Berlijn, onder wie Schulze-Boysen.

Horst Heilmann werkte bij de Inlichtingendienst. Toen hij erachter kwam dat ze waren ontmaskerd en onder toezicht stonden, probeerde hij Harro en John Graudenz en de anderen te waarschuwen, maar het was te laat. Op maandag 31 augustus 1942 werd Schulze-Boysen gearresteerd op het ministerie van Luchtvaart. Vijf dagen later hielden ze Horst aan op de Matthäikirchplatz. In de weken die daarop volgden sloeg Himmler toe. De klopjacht strekte zich uit over Berlijn en heel Duitsland. Meer dan honderdtwintig verdachten werden naar de gevangenis van de Gestapo in de Prinz-Albrecht-Straße en naar de Moabit-gevangenis gebracht.

De hoofdaanklager bracht de zaak voor het Reichkriegsgericht in Berlijn-Charlottenburg op 15 december 1942: 'In naam van het volk: de bewijsvoering rechtvaardigt de conclusie dat deze organisatie er niet voor terugdeinsde om geheimen te verraden die van levensbelang zijn voor de Duitse militaire inzet. Eenieder moet gruwen bij de gedachte dat de geheimen van Duitsland open en bloot voor het oog van de vijand hebben gelegen.'

De rechtszaal was spaarzaam ingericht. Horst, Harro en Libertas zaten met uitgemergelde gezichten tussen de politieagenten, met tien andere hoofdverdachten. Er waren maar weinig toeschouwers, de meesten droegen een uniform. De nazi's probeerden een show-proces te vermijden, omdat de verzetsbeweging, de omvang en de prominente leden ervan pijnlijk en gevaarlijk voor hen waren. De affaire werd als een geheime rijksaangelegenheid bestempeld. Er stond geen enkel berichtje over in de krant, en de beschuldiging luidde: hoog- en landverraad.

Omdat veel van de verdachten militairen waren (Schulze-Boysen was officier bij de Luftwaffe) kwam de zaak voor de krijgsraad. Die bestond uit twee generaals, een admiraal, een senaatspresident als voorzitter, en een civiele juridische assessor. De aanklager was Oberstkriegsgerichtsrat Manfred Roeder, die berucht was vanwege zijn mensenverachting en zijn kille bruutheid. Hij was een handlanger van de nazi's en strafte genadeloos elk verzet tegen het regime als landverraad. De verdachten wisten bij voorbaat dat ze zouden sterven.

Arvid Harnack maakte geen geheim van zijn overtuiging en hield een verdedigingsrede van twintig minuten. Hij gaf toe dat hij de Sovjet-Unie als het enige bolwerk tegen het nazisme in de wereld beschouwde en eindigde met de woorden: 'Die Vernichtung des Hitlerstaates mit allen Mitteln war mein Ziel.' Zijn stem was stil en vermoeid en welhaast formeel, alsof hij in zijn lot berustte, maar andere aangeklaagden vochten tot het laatst toe. Schulze-Boysen bekende waar er niets te ontkennen viel, en ontkende alles wat Roeder niet kon bewijzen. Hij ging ervan uit dat de Gestapo niet de hele organisatie had opgerold. De overhaaste arrestaties hadden betekend dat velen ontsnapten. Keer op keer ontbraken de beslissende tussenpersonen in het wijdvertakte Europese netwerk: 'Kent', Fritz Bock, Paul Robinson, Gilbert, de radio-operateurs, de koeriers, de Russische agenten. Als ze überhaupt werden genoemd, dan was het niet onder hun echte naam. Geen enkele marteling kon die namen aan de gevangenen in de Prinz-Albrecht-Straße ontlokken, omdat ze er geen weet van hadden.

Het proces duurde vier dagen. Erika von Brockdorff, blond en elegant, lachte toen Roeder de doodstraf eiste. 'Ihnen wird das Lachen schon vergehen,' tierde hij. Waarop zij antwoordde: 'So lange ich Sie sehe, nicht.' Ze werd de rechtszaal uit gezet, maar kreeg gelijk en werd tot zes jaar tuchthuis veroordeeld. Mildred kwam er ook met een gevangenisstraf van af. Hitler bekrachtigde de vonnissen echter niet, en in een nieuwe rechtszaak werden ze allebei ter dood veroordeeld. Dat werden ze allemaal: vijfenveertig mensen belandden op het schavot, de vrouwen werden terechtgesteld met de guillotine, de mannen door ophanging. En het enige wat Horst Heilmann over zijn vonnis zei, was: 'Ich möchte mit Schulze-Boysen gemeinsam sterben dürfen.'

Twee dagen vóór Kerstmis, op 22 december 1942, werden de eerste elf verzetslieden in Berlijn-Plötzensee tussen 20.18 en 20.33 uur terechtgesteld. De ter dood veroordeelden waren in de vleugel van gevangenis III ondergebracht, en van hieruit was er toegang tot een kleine binnenplaats. Aan het eind bevond zich een gebouw met een laag plafond en een witgepleisterd vertrek zonder ramen; midden door het vertrek liep een soort gordijn. Achter het gordijn stond de guillotine, en in de achterwand bevonden zich kleinere cellen met zwarte gordijnen, waar de ophanging plaatsvond.

Arvid Harnack zat met op de rug vastgebonden handen te luisteren naar Fausts proloog in de hemel, die de dominee voor hem voorlas gedurende de laatste uren. Zijn Amerikaanse vrouw Mildred vertaalde gedichten van Rilke in het Engels in de dodencel. Hilde Coppi gaf haar zoontje de borst. Harro Schulze-Boysen schreef een afscheidsbrief aan zijn ouders: 'Geloof met mij in de tijd die komt, waarin de rechtvaardigheid zal zegevieren. In Europa is het nu eenmaal zo dat men in geestelijke zin met bloed zaait. Ja, en nu geef ik jullie allemaal een hand en zet hier een (een enkele) traan als zegel en onderpand van mijn liefde. Jullie Harro.' Een voor een werden ze uit de dodenvleugel gehaald en over het binnenplaatsje gevoerd, de koude hal in.

Bij de lange muur in de hal stond een oude tafel, en daarachter stond de openbare aanklager. Er waren tien, misschien vijftien getuigen. Sommigen waren verlegen en ontzet, anderen nieuwsgierig, arrogant, hatelijk. Niemand zei iets. Tegenover hen stonden de beulen; de opperbeul droeg een hoge zijden hoed, de anderen droegen een zwart pak. In 1942 werden er geen ceremonies meer gehouden bij de terechtstellingen. Er waren er te veel geweest. Het ging er vooral om de zaak zo snel mogelijk achter de rug te hebben.

'Bent u Harro Schulze-Boysen?' vroeg de openbare aanklager aan de eerste die binnenkwam; zijn armen waren achter op zijn rug gebonden. 'Jawohl,' zei hij droog, uitdagend, hard. 'Ik draag u over aan de scherprechter voor de tenuitvoerlegging van het doodsvonnis.' Ze trokken het jasje uit dat over zijn naak-

144

te schouders hing. Hij gebaarde naar de bewakers, die hem vasthielden, dat hij alleen wilde gaan. Ze lieten hem los, en hij liep rechtstreeks en met geheven hoofd in de versleten pantoffels naar de stellage, waar een leren strop aan een vleeshaak hing.

Om hun een pijnlijke en vernederende dood te bezorgen had Hitler bevolen dat ze aan een vleeshaak moesten worden opgehangen; de galg met acht haken werd speciaal voor hen opgericht. Harro Schulze-Boysen ging op de stellage staan en keek vol minachting naar de getuigen. Toen werd het zwarte gordijn dichtgetrokken. De man met de zijden hoed stapte de cel uit. Een ogenblik zag men het lichaam spartelen, en het gordijn viel weer achter de beul. Hij stapte naar voren naar de openbare aanklager en verklaarde: 'Das Urteil ist vollstreckt.' Waarna hij zijn arm hief voor de Hitlergroet.

Als op een wachtwoord ging de haldeur open, en tussen twee gevangenbewaarders in kwam de volgende binnen: 'Sie sind Arvid Harnack?' – 'Jawohl' – 'Das Urteil ist vollstreckt' – 'Sie sind John Graudenz?' – 'Jawohl' – 'Das Urteil ist vollstreckt' – 'Sie sind Kurt Schuhmacher?' – 'Jawohl' – 'Das Urteil ist vollstreckt' – 'Sie sind Hans Coppi?' – 'Jawohl' – 'Das Urteil ist vollstreckt' – 'Sie sind Kurt Schulze?' – 'Jawohl' – 'Das Urteil is vollstreckt' – 'Sie sind Herbert Gollnow?' – 'Jawohl' – 'Das Urteil ist vollstreckt' – 'Sie sind Elisabeth Schuhmacher?' – 'Jawohl' – 'Das Urteil ist vollstreckt' – 'Sie sind Libertas Schulze-Boysen?' – 'Jawohl' – 'Das Urteil ist vollstreckt'. En zo werden ze aan de lopende band en zonder enig commentaar vermoord.

Ze werden opgehangen als varkens in een slachterij, zei ma. Waarna ze de wodkafles leegde, de bodem bereikte en aan Horstchen dacht: 'Das Urteil ist vollstreckt.' Er klonk pijn in haar stem, die schel en scherp was en die door haar gezicht sneed en mij in het hart stak. Ze staarde me aan. Ik bestierf het van de schrik en wist niet wie zij was.

De openbare school lag naast gietijzerfabriek Guldborg. De as van de schoorsteen daalde op het speelplein neer, maakte de gebouwen zwart en verspreidde zich als confetti. Het zat overal in. In je haar, je kleren en je boeken. Je handen werden er vuil van. Als het regende, liep het roet over je gezicht. En er waren zwarte plassen.

Ik was niet op een school gekomen, ik was in een strafinrichting terechtgekomen, en elke dag werd me de les gelezen. De meester kwam binnen en ging achter de katheder staan, wij gingen op onze schoolbanken zitten (ik had er een voor mezelf) en dan kreeg je dictee en rode strepen in je schrift. Het maakte niet uit welk vak we hadden. Of het nu geschiedenis, Deens, aardrijkskunde of rekenen was, het ging steeds om hetzelfde. Je moest goed opletten en doen wat er gezegd werd. En wie niet horen wilde, moest voelen. Dan kreeg je een draai om je oren en kwam je in de hulpklas, waar de kinderen luizen hadden.

Al met al ging het er bij het onderwijs om dat je stil moest zitten en de meester naar de mond moest praten. De Wolga, de Donau en de Gudenå en 2 plus 2 was 4. En het belangrijkste was vaderlandsliefde en haat tegen de Duitsers. In de geschiedenisles werd gepreekt over de Deens-Duitse slag bij Dybbøl Mølle in 1864. Alles werd gezien in het licht van de oorlog. We hoorden over de Churchillclub en Montgomery en over de concentratiekampen. De meester schudde het hoofd: zoiets was onmenselijk. Als de kaart voor het bord naar beneden werd getrokken tijdens de aardrijkskundeles, hadden de landen kleuren. Duitsland was zwart, de Sovjet-Unie was rood en Denemarken liep door tot de rivier de Eider. We lazen kinderboeken uit de schoolbibliotheek waarin de Duitsers steevast de boeven waren. Als we zang hadden, nam juffrouw Møller achter de piano plaats en ze deed een warming-up met 'Vrienden, kijk naar de Deense kaart' en 'Denemarken tussen twee zeeën' en zong uit volle borst het verzetslied 'Het heeft zojuist geregend'. Iedereen deed mee. Zij was vrijheidsstrijder geweest en had tijdens de bezetting in haar handtas een handgranaat over de Christian ix-brug gesmokkeld!

Als de bel ging voor het speelkwartier, wist ik wat me te wachten stond, en ik probeerde erdoorheen te komen. Ze hadden het geleerd tijdens de lessen en wisten wie ik was. Ik was die rotmof, en ma was een Hitlerwijf en een directeursvrouw die zo bekakt was dat je er akelig van werd. Het grootste gedeelte van de tijd bracht ik door met in een cirkel staan – van jongens en meisjes – waar ze duwden, spuugden en scandeerden. Het ergste was als het ten koste ging van ma en ze 'Hilde-gaaard, Hilde-gaaard' blaatten als een stelletje geiten en hysterisch lachten. Het deed pijn in mijn oren, en ik schaamde me en gaf geen antwoord als iemand me vroeg hoe zij heette. Dan kreeg ik een beurt onder de waterpomp, voordat de bel ging voor de volgende les. De surveillant stond er met zijn rug naar toe en had niets gezien. Ik kwam te laat in de les, drijfnat, en kreeg de huid vol gescholden. Of ik in mijn broek had geplast? De klas barstte in lachen uit en ik werd naar huis gestuurd om andere kleren aan te trekken.

Er was iemand anders in de b-klas die het ook moest ontgelden, Nina Westphal. Zij had lang, donker haar. Haar vader was invalide, hij had sclerose en zat in een rolstoel. Zij werd daarmee gepest, en hoewel ze een meisje was, overvielen en sloegen ze haar: haar vader was een spastische lijperd! Ik zag hoe zij in haar eentje in de raamrij zat en met het jaar steeds ongelukkiger werd. Ze kreeg nerveuze tics en een lege starende blik, gedroeg zich vreemd en reageerde overdreven bij het minste of geringste. En toen was ze opeens weg. Ik weet niet of ze verhuisden of dat zij ergens anders heen werd gestuurd, maar Nina was uit Nykøbing ontsnapt. Er was niets wat ik liever wilde dan dat.

Ik las *Jennings op kostschool* en droomde dat ik de hoofdfiguur was, maar elke keer als ik thuiskwam en niet terug wilde, was de reactie dat het allemaal wel anders zou worden. Nu moest ik volhouden. En ik mocht hebben wat ik wilde. Ik wilde pannenkoeken, Coca-Cola en de *Donald Duck*. Dat kreeg ik en toen moest ik weer terug – de vijfde, zesde en zevende klas – tot ik op een dag met mijn fiets van het speelplein kwam en ma in haar ocelot in de poort stond. Ontzet vroeg ik wat ze hier deed. Ze zei dat ik gewoon door moest lopen. Toen kreeg ze Michael in de gaten. Hij was een van de ergsten. Ze rende hem achterna door de straat, gekleed in bontjas en schoenen met hoge hakken. Ik kon het niet aanzien en fietste ervandoor, wel wetend wat me de volgende dag op school te wachten

stond. Ze stonden klaar met buizen en krammen: Jørgen, Poul en Jesper, onder leiding van Michael. Ik kon
net zo goed voor de muur gaan staan wachten tot ik
werd doodgeschoten.

Het enige wat ik met Nykøbing verbond, was angst.
Ik durfde de straat niet op en moest meestal een lange omweg maken als ik ergens naartoe moest, en ik
kwam altijd te laat. De Grønsundsvej kon ik niet nemen, omdat ik dan langs cafetaria Jægergrillen moest,
waar ze gas stonden te geven met hun brommers: een
Puch 3-gear voor de jongens, met een hoog stuur en
een hoge rugleuning, en een Puch Maxi voor de meisjes. Ze droegen blauwe spijkerjasjes en ze hadden een
borstel in hun borstzak. De meisjes borstelden er constant hun haar mee en de jongens gebruikten hem als
slagwapen – je bloed sijpelde tevoorschijn in een ge-
stippeld patroon. Ik had maar al te vaak geprobeerd
om daar voorbij hen te komen. Ik was er met pa geweest om er een halve kip met patat te kopen. Dat
deden we als ma niet thuis was. Bij de speelautomaat
stonden Stink-John, Jesper en Sten ons aan te staren.
Ze hadden het op luide toon over 'die worstvretende
Duitsers', hier kon je geen 'Sauerkraut' krijgen. Sten
kwam naar ons toe en gaf mij een duw. Hij lachte alleen maar toen pa zei: 'Zeg hé, wat verbeeld jij je eigenlijk wel?' We namen de kip in de thermozak en het
bakje patat aan en reden naar huis, maar ik kon geen
hap naar binnen krijgen. Ik keek naar vader en hoopte
dat hij hen dood zou slaan.
  'Daar komt Zotte-Johanne! Daar komt Zotte-Johanne!' De kinderen scholden en tierden, en het ge-

rucht verspreidde zich meerdere straten van tevoren als zij door het stadje wankelde met een stanksliert achter zich aan. Ze ging gekleed in lompen en versleten schoenen en je kon haar haast niet zien onder de lappen, die om haar hoofd waren gewikkeld – als je überhaupt haar kant uit durfde te kijken. Ze had een jutezak over haar schouder, staarde recht voor zich uit en zei: 'Ga weg, ga weg, ga weg.' We waren doodsbenauwd voor haar en gingen gillend aan de haal zodra zij de hoek om kwam. Haar huis lag in de Østre Allé. De ramen waren dichtgetimmerd met planken, en het onkruid en de vuilnishopen groeiden in het wild achter het hek. Als je met stenen gooide en 'Zotte-Johanne! Zotte-Johanne!' riep, kwam ze schreeuwend naar buiten gevlogen met een bijl boven haar hoofd. Ik zorgde dat ik uit de buurt bleef.

Ik kon ook niet door de Bispegade gaan. Ik sloop voorbij de grote, rode gebouwen van de Technische School en liep het risico overvallen te worden, vooral 's winters, als het gesneeuwd had. De sneeuwballen waren hard en deden zeer, ze trokken het bloed uit je wangen omdat er grind in zat. De straten rond de Østre Skole waren gevaarlijk, en het was niet veilig om door de tunnel te gaan. Die was anders het snelst en liep direct onder de treinrails door, maar ze lagen daar op de loer. Het was onmogelijk erdoor te komen, en ik koos de lange weg om het station heen, onder de brug door en over de Vesterskovvej als ik naar het centrum moest.

Het hotel-restaurant lag in de Frisegade. Paul Fisker sloeg op alles wat bewoog als hij dronken werd, 's zaterdags was er striptease. Ik haastte me door de

Slotsgade, met het hart in de keel, omdat ik misschien Tommy tegen het lijf zou lopen. Die woonde in een achterwinkel met zijn vader, maakte typemachines schoon en was jeugdcrimineel. Hij reed 75 kilometer per uur op zijn brommer, die was uitgeboord en opgevoerd. Tommy leidde de boel vanaf het moment dat hij in de klas kwam; dat was in de zesde. De meisjes waren dol op hem, ze tekenden harten en schreven 'Tommy' in flowerpower-letters op hun etui. Hij hing rond bij een motorbende, samen met Gert, die stotterde en psoriasis had. Het gerucht ging dat hij zijn moeder had opgezocht op haar verjaardag, haar onder de douche vandaan had gesleept en een pak slaag had gegeven. Ze kregen rugemblemen en werden opgenomen als lid van de Wizards, die zich in een kelder in de Strandgade ophielden. De hele zuidelijke haven, Sydhavnen, was verboden gebied. Dat gold ook voor het bos, Lindeskoven, waar nieuwe betonnen flats werden gebouwd. Hier lag de jeugdclub. De jongens hadden lang haar, ze rookten, dronken bier en luisterden naar de popgroep Gasolin. De meisjes droegen broeken met wijde pijpen en luisterden naar de Walkers. Maar ik stak nooit de Gedservej over.

Als de kermis naar Nykøbing kwam, stond die op het plein dat Cementen heette. Alles knipperde en ging er tekeer als in een speelgoedwinkel: botsautotjes en luchtschommels, schiettenten, speelautomaten. En stonden kraampjes met wafelijs en popcorn, en het rook naar worst. Maar voor mij was dat verboden terrein. De ene keer dat ik me naar binnen had gewaagd om naar de rockgroep Sir Henry op het openluchtpodium te luisteren, waren daar een paar leden van de Wizards geweest. Gert herkende me en kreeg de anderen zover dat die me vasthielden, terwijl hij op mijn broek piste. Zelfs overdag was ik bang om in de buurt van de discotheken te komen waar ze hun feesten hielden: De Rode Pimpernel en Ellens Ranch. Elke vrijdag kwamen ze bij elkaar op het station en deden een warming-up in het park bij de Zwanenvijver. Ik ging na donker het centrum niet in.

De jongens voetbalden in B 1901. Elke zaterdag was er een wedstrijd in het stadion. Ik durfde er niet naartoe te gaan. En pa zei dat voetbal voor idioten was. Ik kocht zoute drop en Engelse drop in de kiosk en keek mee in de Hal, wanneer de meisjes van de plaatselijke handbalclub NFH speelden. Ik was verliefd op Susanne, die blond haar had. En ik verstopte me voor Stink-John, die op worstelen zat. Zijn worstel-outfit werd nooit gewassen, hij stonk als een mesthoop. Ik rook hem voordat hij toesloeg en ik moest haast kotsen na de vuistslag in mijn maag. Sindsdien kwam ik niet meer in de Hal.

Ik kwam altijd als allerlaatste aan de bak. Wanneer er teams werden gevormd, werd ik niet gekozen. Bij het zwemmen werd ik het water in geduwd, en mijn schoenen en kousen werden gestolen uit de kleedkamer. Ik schudde het hoofd en ging niet mee naar Skårups tuin om appels te jatten. Daar stond een schuur, die als verzamelplek werd gebruikt en voor afstraffingen. En 's zomers ging ik niet mee naar het strand. Toen ik een keer was meegegaan, hadden ze een valkuil voorbereid. Susanne kwam ook, zeiden ze, ze wilde me iets vragen. We fietsten erheen met onze handdoek en zwembroek op de bagagedrager. We reden door het Lindenbos, de velden en weiden breidden zich uit onder de blauwe hemel, we sloegen linksaf de provinciale weg op, die naar Tjæreby en Skovby en verder naar Marielyst kronkelde. De zon blaakte en de lucht trilde boven de dijk, we kleedden ons om in een duinpan en renden om het hardst naar het water – en ik viel in een gat dat tot de rand toe met kwallen was gevuld.

Er was zand overheen gestrooid zodat je het niet kon zien. Ze duwden me naar beneden en verhinderden dat ik eruit klauterde, totdat ze het beu werden en me lieten lopen en het water in gingen. Ik haalde mijn spullen en fietste ervandoor (het deed ontzettend zeer) en reed in een boog om Kjørups Hotel en het Marielystplein heen, waar ze vakantiebaantjes hadden in de ijskiosk, op de camping en bij de minigolf. Ze lieten de toeristen een te hoge prijs betalen, namen hen in de maling en verkneukelden zich elke keer als er een Duitser de zee in was gedreven en was verdronken. Ik vervolgde mijn weg helemaal naar Elkenøre, waar geen mensen waren.

Voor het schoolfeest werd de gymnastiekzaal versierd. In een van de klaslokalen was een bar met frisdrank ingericht, in een ander lokaal de garderobe. In de laagste klassen trokken we hand in hand naar binnen en dansten 'O, boogie woogie woogie' in een lange rij, maar nu was je op jezelf aangewezen. De jongens namen bier mee in plastic zakken (Blå Nykøbing) en de meisjes verstopten een fles rode martini op het toilet en liepen voortdurend heen en weer om blauwe oogschaduw aan te brengen en hun haar te borstelen.

Al sinds de eerste klas was ik verliefd op Susanne;

haar vader had een bakkerij een paar straten verderop aan de Solvej. Boven de deur hing een grote krakeling als uithangbord en zij stond af en toe achter de toonbank. Elke zondag kwam ik op bezoek. Ik belde aan om te vragen of Susanne thuis was. Je moest stil zijn omdat haar vader sliep (hij was vroeg op) en we keken televisie in de huiskamer met haar moeder. Het geluid stond heel zacht. Ik wachtte op het moment dat ze het zei: 'Zullen we naar mijn kamer gaan?' Dan zat ik uren achtereen naast Susanne op de brits en wist niet hoe ik het moest aanpakken om haar een zoen te geven. Misschien was het het beste om het te vragen, of als ik een arm om haar legde en haar hand vasthield. Het kwam er nooit van, ook niet bij het afscheid nemen. Ze deed de deur dicht voordat ik erin slaagde haar te zoenen. De volgende zondag stond ik er weer en belde aan, en de zondag erna opnieuw, en uiteindelijk besloot ik om mee naar het feest te gaan.

De gymnastiekzaal was schemerig, er hingen vlaggetjes en guirlandes, de discolampen knipperden en het rook er naar zweet, zure handdoeken en gymschoenen. De jongens stonden bij het wandrek aan de ene kant van de zaal, de meisjes zaten op de banken aan de andere kant. De muziek speelde voor een lege vloer: de Bay City Rollers voor de meisjes, Nazareth en Status Quo voor de jongens. Iedereen wachtte erop dat het ging beginnen. Dat gebeurde met 'Hey, we're going to Barbados!' De kapitein heette de passagiers welkom: 'Captain Tobias Wilcox welcoming passengers aboard Coconut Airways' Flight 372 to Bridgetown!' De meisjes kwamen overeind en begonnen voorzichtig met elkaar te dansen in een groep. Voordat de plaat voorbij was, dansten de eerste jongens mee. De rest kwam op de vloer bij 'New York Groove' van Hello. Toen kwam 'Sugar Baby Love' van de Rubettes, gevolgd door 'Magic' van Pilot en Mud en Showaddywaddy, tot het er bijna op zat en het tijd werd voor het hoogtepunt van de avond: slowdansen.

Ik had mezelf beloofd dat ik het zou doen. Ik keek uit naar Susanne. 'If you think you know how to love me' van Smokey werd gespeeld. Dat was het teken. Bij de deur van de gymnastiekzaal zag ik Tommy en Michael opduiken met een paar jongens van de jeugdclub. De anderen bleven staan terwijl Tommy op de meisjes toe liep. Toen nam hij Susanne mee voor het slowdansen. Ze zoenden elkaar bij het volgende nummer, 'I'm not in love' van 10cc. Het ging maar door, maar ik kon niet wegkomen, omdat ik voorbij hen moest in de deuropening. Michael had mij in de gaten gekregen. Er was geen ontkomen aan. Het maakte allemaal niets meer uit. Susanne had haar hand in Tommy's broek gestoken, nu klonk Gilbert O'Sullivan met 'Alone again, naturally'. Het enige wat ik wilde was sterven en het eens en voor al achter de rug hebben. Ik greep een fles en stevende rechtstreeks op de uitgang af.

Zolang als ik me herinner heb ik gezocht naar een manier om weg te komen uit Nykøbing en uit het huis waar ik opgroeide. Ik kon nergens naartoe, was altijd op mijn hoede en had een minimale ruimte tot mijn beschikking. Het was net als koorddansen. De straat was niet groter dan mijn stappen en leidde van onze garage naar school en weer terug. Alles balde zich samen tot een steen in mijn zak. Het was een rammel-steen. Pa zei dat die uit de krijtzee kwam, niemand wist hoe de ene steen in de andere was gekomen. Ik legde hem bij mijn verzameling in de la.

Daar lagen schelpen en zee-egels, oude boterham-men met ham in aluminiumfolie en granaatsplinters van oom Helmut, en wat ik nog meer bewaarde en voor mezelf hield. Ik verzamelde alles. Ergens moest het te vinden zijn – het geluk – het kon me elk mo-ment te beurt vallen. Het was net als met paaseieren met Pasen, je moest gewoon je neus volgen. Het werd warmer en kouder en gloeiend heet, en dan lag er een ei in de boekenkast, een onder de lamp en een in de fruitschaal. Als we met oma in het Hamborg-bos onze 'Osterspaziergang' wandelden, blonken ze in het gras: eieren in geel, rood en blauw zilverpapier. 'Der Oster-hase war da,' zei ze. Ik geloofde het bijna.

Het was een lange speurtocht. Ik volgde de spo-ren, die overal waren, en zocht naar klavertjesvier in de tuin en naar munten op straat (meestal waren het kauwgumresten, maar je kon nooit weten) en naar donderstenen in de grindhopen. Die waren afkomstig van blikseminslagen, je schrok op wanneer je er een vond. 's Avonds keek ik uit naar vallende sterren. Ik fietste naar Falkerslev met mijn rubberlaarzen aan en zocht naar stenen bijlen en speerpunten als de velden waren geploegd, en ik reed naar de haven, waar ik op het bolwerk in het water lag te kijken. Het rook er naar teer en rottend wier. Ik telde de minivisjes die in scholen in het rond zwommen en viste naar krabben met een schollenkop aan de vislijn.

Er lagen hazelnoten bij onze buren, mijnheer en mevrouw Hansen. Hij werkte in de gieterij en hoestte voortdurend. En ik verzamelde kastanjes uit de tuin van de bisschop, wijngaardslakken, kippenringen en knikkers. Oom Helmut gaf me bergkwarts en een fossiel, een versteende inktvis, die een ammoniet heette. Het kreeg een plaatsje bij mijn collectie op de plank.

Het allermooist vond ik postzegels. Die krioelden als vlinders in de kartonnen doos, en de middagen liepen in elkaar over als ik ermee in de weer was in de eetkamer. Ze vormden vensters naar een wereld die groter en rijker was dan je je kon voorstellen: een wereld vol koninklijke hoofden en vreemde landen zoals Helvetia, Suomi en – het mooist van allemaal – Formosa. Dat lag ergens te wachten met papegaaien, orchideeën en roze wolken. Ik probeerde het te vinden en reisde de aarde rond, zag de piramides en liet me vervoeren per stoomlocomotief. Dan ging het per luchtpost naar Thule en verder per fregat naar Italia. Ik was bij de olympiade in Mexico en groette koning Frederik ix in het rood en merkte pas hoe laat het was geworden wanneer de kerstzegels onder in de doos blonken. Dan vermande ik me, ik deed het deksel erop en verhcugde me al op de volgende dag.

Ik was ervan overtuigd dat ik een groot geheim op het spoor was. Ik ging op ontdekking uit, net als in de Mysterie-reeks, in *De Vijf* en in *Emil und die Detektive*, en sloop in het huis rond. Ik keek goed uit mijn doppen en klopte op de wanden in de gang om te horen of er een verborgen deur was. Die moest er zijn, het klonk hol. Het griezeligst was de stookkelder (de ketel bevond zich vlak onder mijn kamer) die ik in mijn fantasie vulde met opgehangen mannen en

zwarte katten die kaartspeelden, en met alle gruwelen van de gebroeders Grimm. Er verstreken heel wat
jaren voordat ik me daarbinnen waagde. Ik opende de
deur en tastte naar de lichtschakelaar. Er kon van alles
en nog wat uit het donker tevoorschijn springen, maar
het was niets anders dan een grauwe en warme ruimte. De cv-ketel bromde in de hoek. Er was niets om
bang voor te zijn: een draaibank, tuinstoelen, kartonnen dozen met schoenen en kranten en rotzooi, die pa
hier had opgeborgen en weggezet. Je wist maar nooit
waar je dat voor kon gebruiken. En achter het gordijn
stond een oude hutkoffer.

Het was er zo een waarmee je naar Amerika reisde.
Hij was zwart, versleten en zo groot dat je erin kon zitten, en er stonden een paar initialen in gotisch schrift
op: F. S. Het was de koffer van Papa Schneider. Ik verging van nieuwsgierigheid om te zien wat erin zat, en
klopte erop. Heel even vreesde ik dat Papa Schneider open zou doen om naar buiten te kijken, maar de
koffer was op slot. Hij moest wel vol schatten zitten.
Misschien was Papa Schneider wel jager op groot wild
geweest. Ik zag hem voor me met een tropenhelm op
de savanne. Andere keren stond hij in smoking op het
dek van een oceaanstomer. De koffer was maar om
één reden bij ons in de kelder beland, namelijk om mij
te halen en mee te nemen over de Atlantische Oceaan.

Ik moest alleen de sleutel zien te vinden, en ik wist
ook waar die lag. Ik durfde er nauwelijks aan te denken: de secretaire. Die stond in de huiskamer en was
voor kristalglazen, belangrijke documenten en waar-
devolle voorwerpen. Er stond een bronzen klok bo-

venop en op de schrijfklep stonden porseleinen figuurtjes die eraf konden vallen. Het was verboden om de lades en het deurtje te openen. Ik wist zeker dat er een dubbele bodem in zat. De secretaire bevatte het antwoord op alle raadsels. Ik was bang om op heterdaad te worden betrapt en stelde het zoeken zo lang uit dat ik het op het laatst niet kon laten. Het gebeurde vanzelf.

Zodra ma naar kruidenier Olsen was gegaan om boodschappen te doen, ging ik aan de slag. Ik voelde me als een inbreker, alles werd anders en vreemd. Het moest snel gaan. Het ging erom de figuurtjes te verplaatsen om erbij te kunnen komen en ze precies zo terug te zetten als ze tevoren hadden gestaan, zodat het niet te zien was. Ik luisterde. Was er iemand bij de deur of waren er stappen op de keldertrap? De bronzen klok tikte steeds luider. Ik bladerde in oude paspoorten, doopakten, stamboeken en papieren met stempels, blauwe, zwarte, rode, sommige met de Duitse adelaar. Ik vond er een juwelenkistje en de gouden munten die ik van Dr. Jaschinski voor mijn verjaardag had gekregen, foto's van mijn opa en oma van vaderskant voor de bus en van de familie in Kleinwanzleben. Qua uiterlijk leek ik niet op mijn opa van vaderskant. En ik keek naar Karen. Daar was ze dan, ze keek ernstig. Ik hield mijn adem in uit angst ontdekt te worden en opende het deurtje in de secretaire.

Er lag een bruine envelop met ma's handschrift erop: 'Erinnerungen von Hildchen.' Ik maakte hem voorzichtig open. Hij zat vol foto's van haar moeder en vader, Heinrich Voll, en schoolrapporten, sportdiploma's (voor tennis, zwemmen en paardrijden), haar pas van de Arbeitsdienst, 'Arbeit für Dein Volk adelt

Dich selbst', en een 'Fragebogen für die Entnazifizie-rung Hannover'. Ik had geen tijd de zaak grondig door te nemen en zocht verder. Ik vond een gevouwen brief van Horst Heilmann, gedateerd 'Berlin 20.8.42'. Hele-maal bovenaan had hij met blokletters 'Geheim/Ver-nichten' geschreven. De rest was in schuinschrift, en ik kon het niet lezen, maar het was ook niet voor mij bestemd. Verder was er een verlanglijstje van ma voor het eerste kerstfeest bij Papa Schneider:

'Liebes Christkind! Ich bin das Hildchen Voll und wohne in Kleinwanzleben. Ich wünsche mir ein Pup-penwagen und Nüsse, Äpfel und Pfefferkuchen aber auch ein Weihnachtsbaum wo wir zu Weihnach-ten herum stehen und singen o, du fröhliche es wird ganz herrlich werden. Aber ich weiß ja gar nicht wo ich meine Schularbeiten machen soll dann wünsche ich mir noch ein Schreibpult. Aber zum kneten auch noch ein Kasten Knetgummi. Mein Vorleger vors Bett-chen is ganz zerrissen könnte ich nicht einen neuen haben? Und zum Kochen einen kleinen Weckapparat. Zum Lesen ein Buch. Und einen neuen Roller.'[2]

De envelop was gefrankeerd met een rode postzegel, waarop een engeltje zong, er stond 'Gloria in excelsis deo', 5 Pfennig. Wat vreemd dat ma klein was geweest. Ik dacht aan Hildchen Voll en pakte het doosje dat he-lemaal achteraan lag. Toen ik het deksel oplichtte, sloeg de bliksem in. Daar lag hij, de schat aan het eind van de regenboog en de kruik met goud. Het was de dood: het ijzeren kruis. Het zwarte gietijzeren kruis had een zilveren omlijsting met gekruiste zwaarden en een swastika in het midden. Het was van ma. Toen hoorde ik de sleutels in de voordeur.

Jarenlang dacht ik dat ze gelijk hadden, dat ma een nazi was. Ik schaamde me en verdedigde haar, maar het was niet waar. Ma was gedecoreerd door generaal Raegener. Dat was na de oorlog gebeurd. En ze kreeg het wegens het redden van honderden Duitse soldaten die anders door de Russen zouden zijn gedeporteerd. Oom Helmut vertelde het me. Toen ik me eindelijk vermande en het aan ma vroeg, zei ze dat ze de sector-chef van het Rode Kruis, mister Plaiter, om haar vinger had gewonden. Toen hij zich een stuk in de kraag had gedronken met gin, betuigde hij haar zijn liefde en bevorderde hij haar tot 'Chief clerk' van de ambulan-cedienst, waar zij hem om had gevraagd. Toen organiseerde ze de vlucht, waarbij ze van de ambulances gebruikmaakte om de soldaten het ziekenhuis uit te smokkelen, de Elbe over, naar het westen. Horstchen had ze niet kunnen redden. Daarom bracht ze zo veel mogelijk anderen in veiligheid. Het was levensge-vaarlijk, ze kon elk moment worden ontmaskerd. Ma knikte en haalde haar jas toen ze bezoek kreeg van de militaire politie. Maar ze verzochten haar alleen maar zich bij het Amerikaanse oppercommando te melden, ze werd niet gearresteerd. Ze zeiden niet waar het om ging, en ma waagde het erop en ging ernaartoe. Het was generaal Raegener die haar had laten komen, hij bevond zich in krijgsgevangenschap. Er was iets waar-over hij het met haar wilde hebben. Hij stapte het be-zoeklokaal binnen met zijn houten been, gaf haar een hand en zei dank u wel. En toen haalde hij een doos-je voor de dag en overhandigde haar het ijzeren kruis tweede klasse.

Het was opgeborgen in het doosje met het zwart-wit-rode ordelint. Ze haalde het nooit tevoorschijn en praatte er met niemand over. Ik had het haar maar één keer zien dragen, dat was in 1967. Er was wereldtentoonstelling in Montreal, pa en ma waren op hun grote reis naar Canada, waar ze de Niagara Falls zagen en op de terugreis de Lions Club in Chicago bezochten. Korte tijd later werden ze geroyeerd uit de plaatselijke afdeling in Nykøbing. Die was niet zo 'internationaal' dat ze een nazi konden tolereren, zoals ze zeiden. Ma werd razend toen ze die avond terugkwamen van Hotel Baltic. Ze ging naar de secretaire, haalde het doosje tevoorschijn en speldde het ijzeren kruis op haar jas. Toen ging ze ervandoor, pa bleef in de hal staan. Er viel licht in vanuit de huiskamer. Ik probeerde haar tegen te houden, haar ervan af te brengen en te laten ophouden. Maar zij was iemand anders geworden. Ze hoorde niets en liep door de Grønsundsvej en over de brug, Højbroen, en het hele eind door het stadje met het ijzeren kruis op haar borst, terwijl ze 'Das Preußenlied' zong:

'Ich bin ein Preuße, kennt ihr meine Farben?
Die Fahne schwebt mir weiß und schwarz voran!
Das für die Freiheit meine Väter starben,
Das deuten, merkt es, meine Farben an.
Nie werd' ich bang verzagen,
Wie jene will ich's wagen:
Sei's trüber Tag, sei's heitrer Sonnenschein,
Ich bin ein Preuße, will ein Preuße sein!'

Pa wist niet wat hij zeggen moest en hoe hij het moest verklaren. We spraken er met geen woord over bij het avondeten, en ma serveerde 'Maccaroniauflauf'. Ze kon elk moment kapotgaan. Ik hield me gedeisd en steunde haar zo goed mogelijk, knikte en speelde mee – dat was waar, en natuurlijk, ja. Als ik weg wilde gaan, vroeg ma: 'Wo gehst du hin?' Ik beloofde dat ik niet te lang weg zou blijven, en als ik te laat was, was ze buiten zichzelf. Waar was ik geweest? Ik repte me naar huis en riep dag terwijl ik de keldertrap op liep en hoopte dat ze in een goed humeur was. Haar stem klaagde, ze was bezorgd. Zelfs de gewoonste dingen werden kunstmatig, voelden onhandig aan en klonken als replieken. Ze transformeerde haar omgeving tot een treurspel, en wij namen onze rollen op ons en traden op in haar voorstelling. De eetkamer, de tafel, de schilderijen – dat alles vormde alleen maar de coulissen. Als een van ons uit zijn rol viel en zei waar het echt op stond, zou de hel losbarsten. We waren bezeten door een boze geest, pa zat aan de eettafel en vroeg om het zout, terwijl hij wanhopig een verzekering probeerde te verzinnen waardoor het allemaal vanzelf zou overgaan.

Maar dat gebeurde niet. Ma droomde ervan de rekening te vereffenen en had op een dag de kampchef van de Arbeitsdienst in een stationsgebouw op zich af zien lopen. Ze deed alsof haar neus bloedde. Wat moest ze doen? Haar slaan? Op haar spugen? Er was geen gerechtigheid. Ma geloofde niet in God, ze haatte hem en dronk exportbier en rookte cigarillo's. 'Schweigsam über der Schädelstätte öffnen sich Gottes goldene Augen,' zei ze, waarna ze de rook uitblies en vertelde dat hij na de oorlog was vrijgesproken – Manfred Roeder, de openbare aanklager die hen allemaal had vermoord!

Hij had er persoonlijk voor gezorgd dat de 'slappe' gevangenisstraffen voor de vrouwen in een doodvonnis werden omgezet, omdat ze niet aan de politie hadden gemeld wat er zich afspeelde. Zelfs Liane, die nog maar negentien jaar oud was. Na de executie belde hij de vader van Horst Heilmann op en zei: 'Ihr Sohn ist ausgelöscht' – honend – en ze stuurden de rekening, 300 Reichsmark. Roeder had zijn plicht gedaan, stelde de openbare aanklager vast en zag af van de zaak in 1951. De beul kon zich terugtrekken in zijn villa in Hessen en doorgaan als advocaat. Hij werd zelfs voorzitter van de kerkenraad.

De Rote Kapelle bestond niet, zei ma. Ze had de eerste de beste trein naar Glashütten kunnen nemen om zijn keel door te snijden. De Gestapo had die communistische spionage verzonnen om de tegenstanders van het regime uit te roeien. Roeder borduurde voort op dat verhaal en maakte de rechtbanken wijs dat ze agenten en landverraders waren geweest en de doodstraf verdienden. Ze hadden niets met de Sovjetinlichtingendienst van doen, de radiozender deed het niet eens. Ma zuchtte 'ach' en drukte haar cigarillo uit. Schulze-Boysen had maar één bericht naar Moskou gestuurd: 'Tausend Grüße allen Freunden.'

De damp walmde de schoorsteen uit van de suikerfabriek als de campagne begon – het was een zoete lucht – en de sneeuw als snoepjes neerdaalde op de grond. Het smaakte naar zuurtjes. Ik stak mijn tong uit, ik hield van de sneeuw en had er een hekel aan. De angst steeg langzaam in me op, naarmate de sneeuw neerdaalde en de stad in een groot wit slagveld veranderde.

Ik liep het risico te worden overvallen en ingemaakt. Ik kreeg sneeuw tegen mijn hoofd, in mijn oren en broek en ik werd ingepeperd tijdens de pauzes. En op weg naar huis van school lagen ze op de loer.

De tractors reden door het stadje met bergen bieten. De kinderen liepen er achteraan en wachtten tot er een paar af vielen waarmee ze konden spelen of die ze konden verkopen als er genoeg waren. De bieten torenden op voor de fabriek, en de mensen liepen met hun neus omhoog en zeiden: 'Het ruikt naar geld.' Als ze feestvierden, bezatten ze zich aan Blå Nykøbing-bier en zongen: 'Ik kom uit Falster, waar de bieten groeien, en ze groeien en ze groeien en ze groeien! Ze groeien en ze groeien... en ze groeien en ze groeien... en ze groeien en ze groeien en ze groeien!' Het was niets anders dan bieten wat de klok sloeg, van de vroege ochtend tot de late avond.

Op een dag waren ma en ik boodschappen aan het doen bij kruidenier Olsen. Hij stond achter de toonbank en zei terwijl hij zijn hoofd aanraakte: 'Ik heb pijn in mijn knol.' Ik realiseerde me opeens dat ze ook knollen en bieten hadden in plaats van hoofden. Misschien was ik de enige die van niets wist.

Ik trok het na bij de bakker aan de Solvej, maar Susanne glimlachte zoals altijd. We gingen naar de kiosk om cigarillo's te kopen, de magere mevrouw voor me liet ook niets merken. Zo ging het de rest van de dag. Ik bestudeerde hoofden en zocht naar sporen die hen konden verraden: knollen, stukjes stengel. Velen van hen leken op knollen en bieten als je goed keek. Ik werd steeds zekerder van mijn zaak en kreeg een naar gevoel bij het zien van de tractors die op straat voorbijreden. Ik stelde me voor dat er hoofden op de laadbak lagen, en op de akkers stonden ze tot hun nek in de aarde en groeiden en groeiden, tot ze werden geoogst.

Ik had een sneeuwhut gemaakt op onze inrit, waar ik in kroop en me verborg. Ik was poolonderzoeker en op expeditie in Groenland, net als Peter Freuchen – de Peter Freuchensvej lag vlak om de hoek. Het werd later dan anders, ik was ingedommeld in het donker. Toen hoorde ik buiten iemand lachen. Ik kroop de hut uit om te zien wie het was. Een eindje verderop in de straat stond een gedaante met een lichtend hoofd. Het vuur brandde in zijn ogen, neus en mond. In het raam bij de overburen stond ook een hoofd in lichterlaaie. Het lachte me uit met driehoekige ogen en een gemene glimlach. Ik schreeuwde en rende ervandoor. Ik kon het haast niet geloven. Ze hadden hoofden als een suikerbiet, en er brandde een kaars in. Overdag was dat niet te zien!

Het geheim van de bietenvelden zwol steeds verder aan – ik had iets vreselijks ontdekt. Ik ontweek hen, wendde mijn hoofd af en keek hun nooit aan. De domste in de klas heette Jesper. Hij kwam van een boerderij buiten het stadje en liep het hele jaar door in een korte broek rond. Hij had een ringworm en een bloempotkapsel. Tijdens de lessen at hij potloden en peuterde hij in zijn neus. Hoe meer ik hem bestudeerde, des te meer raakte ik ervan overtuigd dat hij een van hen was.

Het duurde natuurlijk niet lang voordat ik hem na schooltijd tegen het lijf liep. Hij zat in een portiek aan de Enighedsvej met een mes te snijden. Een stuk of wat kleinere kinderen keken toe. Hij keek op en zei iets tegen me, maar ik hoorde niet wat het was. Ik kon mijn ogen niet afhouden van wat hij in zijn handen had: een suikerbiet. Hij had al een mond en een neus uitgesneden. 'Wat sta je daar te staren?' vroeg hij terwijl hij overeind kwam. Ik waagde het erop en antwoordde: 'Je bent een domme biet.' Daarna rende ik er zo snel mogelijk vandoor. Hij haalde me onmiddellijk in en gooide me om. De kinderen kwamen van alle kanten en riepen 'vechten, vechten, vechten', terwijl Jesper boven op me zat en me inmaakte. Hij drukte me met mijn gezicht in de sneeuw, tot ik geen adem kon halen en om hulp riep.

Jesper stopte, keek naar me en zei wat ze altijd zeiden: 'Rotmof.' Hij lachte en de anderen lachten mee. Ik vroeg of ik nu mocht gaan en kreeg te horen dat ik eerst braaf 'alsjeblieft' moest zeggen. Ik knikte en kwam voorzichtig overeind op mijn ellebogen, en voordat hij er erg in had, blies ik hem in zijn mond. Zijn ogen schoten alle kanten op, hij sloeg met zijn armen en zijn gezicht doofde uit. Er kwam rook uit zijn oren, en toen viel het hoofd eraf en het rolde over de straat. De kinderen liepen gillend weg. Ik klopte de sneeuw van mijn jas, raapte de suikerbiet op en ging naar huis, waar ik een sneeuwpop maakte. Ik zette de suikerbiet erbovenop en keek met plezier naar het tafereel. Toen maakte ik een sneeuwbal, die ik kneedde tot hij keihard was.

Op mijn vijftiende verjaardag zei pa dat ik met hem mee naar buiten moest gaan, en daar stond hij: een zwarte Puch met drie versnellingen. Hij had geen hoog stuur en geen rugleuning, en hij kon niet harder rijden dan dertig kilometer per uur. Ik moest een gele helm dragen die dubbel zo groot was als mijn hoofd. Ik wist dat ik een belachelijk figuur zou slaan. Ik zei dankjewel. Ma vroeg of ik geen proefritje wilde maken. Ik trapte op de kickstarter en steigerde toen ik de koppeling losliet. Ik reed door de Hans Ditlevsensgade, de Peter Freuchensvej en weer terug. Toen gingen we naar binnen om te ontbijten.

Tegen de middag werd er aangebeld. Ik schrok en vreesde het ergste. Buiten stond oom Helmut. Hij was helemaal van Oberfranken hiernaartoe gekomen. Hij was kleiner en krommer dan ooit en zei 'guten Tag' en feliciteerde me. Terwijl we naar de eetkamer naar pa en ma liepen, zag ik dat hij moeite had met lopen. Wat een verrassing, zei pa. Ma schonk een kopje koffie en een glas cognac in. Hij wilde geen taart, hij moest op tijd bij de veerboot zijn. Hij kwam dadelijk ter zake en vroeg of we vijf minuten alleen konden zijn. Toen legde hij een stuk metaal op tafel. Het was de laatste splinter van de handgranaat die hem bijna had gedood. Oom Helmut vertelde over Stalingrad, waar ze werden ingesloten door de Russische troepen. Dat was hun ondergang. Hij besloot te deserteren omdat het hoe dan ook met hem gedaan was, maar hij en zijn compagnie slaagden erin door de omsingeling te komen. Achter hen bevroor het Duitse leger tot ijs.

Ik wuifde naar Helmut, die claxonneerde en de hoek om ging. Ik zag hem nooit meer terug. Zodra hij terug in Münchberg was, liep hij zijn kliniek binnen om een röntgenfoto van zichzelf te nemen – dat vreesde hij het meest. Daaraan kon hij zien dat hij dood zou gaan. Hij had kanker gekregen. Dat kwam door de röntgenstralen, maar hij zei het tegen niemand en gebruikte het avondeten zoals altijd met Eva en Claus; Axel en Rai-ner woonden niet meer thuis. Toen zei hij 'Mahlzeit' en sleepte zich de trappen op naar zijn kamer, deed de deur dicht en ging zitten met een fles wijn en een glas morfine. Hij begon te drinken terwijl hij in zijn dag-boek schreef. Hij was ervan overtuigd dat zijn voor-vaderen in het hiernamaals op hem stonden te wach-ten. Toen hij het glas had geleegd, viel oom Helmut in slaap.

Ik ging die avond op de brommer zitten en reed naar de kust om te zien of het water er nog steeds was. Dat was zo, en er was niets beters dan overal een eind aan te maken en aan de Oostzee te staan, waar Falster op-hield, en de wind je in het gezicht woei. Ik keek naar de witgekopte golven, die braken bij de zandbank, en liep langs het strand, dat zich uitstrekte zover als het oog reikte. Ik zocht naar schelpen en versteende zee-egels en hoopte altijd barnsteen te vinden. Dat was zo zeldzaam dat het haast niet bestond. Elke keer was het niets anders dan een stuk glas of een van die gele blaasjes op het wier; daar had je niks aan. Ik schopte tegen het zand, liep de pier op, strekte mijn armen uit naar beide kanten en zwaaide ze op en neer, zodat de meeuwen onmiddellijk wegvlogen. Die dachten dat het een roofvogel was. Ik vervloekte deze plaats en spuugde tegen de wind in, waarna ik de klodder direct terug in mijn gezicht kreeg.

Hoewel ik uit Nykøbing vertrok, kwam ik nooit echt weg. Ik wist nooit uit het huis aan de Hans Ditlevsens-gade te ontsnappen. Mijn ouders leefden op zichzelf en zaten naar de grote staande klok te luisteren, die ervoor zorgde dat de tijd voorbijging. Dat was het enige wat er voorbijging. Al het andere was tot stilstand gekomen. Behalve mij hadden ze niemand, en ik was nog steeds 'das kleine Knüdchen'. Elke Kerstmis, Nieuwjaar, Pasen en verjaardag vierden we samen rond de eettafel. Het was zoals het altijd was geweest.

De laatste jaren bracht pa door met het verplegen van ma, die verkeerd was geopereerd in een particulier ziekenhuis. Ze knakten haar rug, zodat ze die niet meer kon rechten. Ze liep met een stok en toen met een looprek. Ze worstelde zich voort en keek me aan. Haar ogen waren vermoeid en triest. Ik kon niets voor haar doen, ze was ontroostbaar.

Ma werd steeds zieker en klaagde over chronische pijnen in haar rug en haar blaas. Ze had blaasontsteking, die niet wilde overgaan. Ze moest voortdurend plassen en kreeg een katheter. Haar keelgat was verbrand na de bestraling, ze had kanker in haar mond gekregen, en ze at steeds minder en kromp. De artsen konden niets doen, ze konden niet eens de pijnen verzachten. Er was geen morfine die werkte. Ma viel en brak haar been. Dat werd vastgezet met een metalen spalk, ze kon zich niet bewegen en ging in bed liggen. Hun eten werd bezorgd, pa ging de deur niet uit en woonde van lieverlee in een vliegend huis. Hij wist niet meer waar het lag. Af en toe was het in Kopenhagen, dan weer in Orehoved of in de Nybrogade in Nykøbing. De wereld kromp in tot die ene bedompte, verstikkend donkere kamer met de bedden en de klerenkasten uit Kleinwanzleben.

Op een dag belde ma vanaf de telefoon in de slaapkamer en zei dat pa in het ziekenhuis was opgenomen. Ik nam de trein ernaartoe om ze op te zoeken. Het was maar voor een paar dagen en het was niet zo ernstig, hij had een onregelmatige hartslag gekregen. Om haar te kunnen horen, als er in de loop van de nacht iets mis zou gaan, maakte ik het bed in mijn oude kinderkamer op, die onveranderd aan het eind van de gang lag. Ma riep me.

'Ach, wie sehe ich aus, hoe ben ik hier zo terechtgekomen,' klaagde ze. Ik probeerde haar wat te laten opzitten in bed, een kussen achter haar rug te zetten en haar haar te kammen, dat vettig van het zweet was en dun. Ik waste voorzichtig haar gezicht, en zij vroeg om haar parfum. Die stond in de la van het nachtkastje. Toen schilde ik een appel, die ik in dunne schijfjes sneed en haar uiteindelijk wist te voeren. Ze dronk zelfs een biertje. Nu was haar katheterzak vol. Ik verwisselde die, prikte de zak in het toilet door en maakte de boel schoon.

Ik had mijn leven voor haar willen opofferen, maar zij wilde het niet hebben. Ze lag in bed en weigerde iets te drinken en te eten. Het maakte niet uit wat ik deed, het was vergeefs. Ik bracht de avond door met zuurtjes in ma's mond te stoppen, omdat die pijnstillend werkten – ze wilde citroenzuurtjes – en langzaam werd ze steeds onhebbelijker.

Toen ik naar bed ging, begon ze te schreeuwen. Ik rende de slaapkamer in, waar ma overeind in bed zat en zei dat ze moest overgeven, ze moest overgeven. Ik holde weg om een emmer te halen. Ze jammerde: 'Ach was seid ihr doch für Menschen, Scheißland, Scheiße, Scheiße, Scheißland!' Waarna ze de pillen, de stukjes appel en het bier eruit kotste die ik in haar had weten te krijgen. Ik leegde de emmer een paar keer, ging bij het bed zitten en zei: 'Ma, je moet tot rust komen.' Ze schold me uit. Hoe kon ze tot rust komen als ze moest overgeven? Ik aaide haar wang en vertelde een verhaal, om te zorgen dat ze zichzelf, de pijnen en haar lichaam zou vergeten en om haar langzaam in slaap te praten.

Weet je nog wanneer we oma bezochten en de hoek omsloegen waar ze woonde, het was de Kettenhofweg nummer... 108, ja toch? Ik zei het nummer expres verkeerd om ma erbij te betrekken. Ze verbeterde me en zei: 'Nein, 106.' En ik zei: Ja! 106! En weet je nog dat het eerste wat je bij de ingang zag de brievenbussen waren? 'Ja,' antwoordde ze, 'natuurlijk.' En ik zei dat je dan door de passage naar links ging en bij een matglazen deur kwam. Weet je dat nog? En wanneer je aanbelde, klonk er een brommend geluid. Oma liet ons binnen en dan gingen we de trap op. Hoe heette ze ook alweer, die vrouw die op de eerste verdieping woonde, die joodse?

'Frau Badrian,' zei ma schamper. Precies, zei ik, zo heette ze, zij was aardig. En dan was het een verdieping verder de trap op, voordat we bij oma waren. Weet je nog hoe het daar rook? Er hing zo'n knusse, gezellige geur in de hal. En de glazen deur die rinkelde wanneer je hem opendeed en je haar huiskamer binnenstapte. Die was chic en deftig, en we aten avondeten, ik was dol op oma's eten. Weet je nog hoe haar keuken eruitzag? Die was klein, haar potten en pannen waren oud, en de grote pan was meer dan honderd jaar oud.

Ma zei: 'Ja, wir haben immer auf unsere Sachen aufgepasst.' En ik vroeg of ze zich het uitzicht vanaf het balkon in de slaapkamer herinnerde. Je keek uit op de binnenplaats, waar het pension lag – Pension Gölz – er was een herdershond, die altijd blafte, en een grote boom, dat was een kastanjeboom, ja toch? 'Dat waren eetbare kastanjes,' zei ma, 'Eßkastanien, dat soort hat man niet in Dänemark.' Ik vervolgde mijn tocht en zei dat je verderop aan de Kettenhofweg langs het huis kwam, waar die gekke mevrouw woonde die allerlei troep verzamelde en een grote mesthoop van haar voortuin maakte.

'Ja,' zei ma, 'ik ging op een keer naast haar zitten in de tram, ze stonk.' En ik zei dat ze nooit ergens anders wilde gaan zitten, nee toch? 'Nein,' antwoordde ze. Ik vroeg: Weet je nog hoe die grote straat heette waar je dan kwam, waar de tram reed? Ze zei: 'De Bockenheimer Landstraße.' En ik jubelde. Ja! Precies, zo heette die! En dan stak je over bij de voetgangersovergang, en daar was een bakkerij – ik was dol op Pfannkuchen – en om de hoek lag dat donkere papierwinkeltje met balpennen, schriften en papier in alle mogelijke kleuren. De eigenaar was een jonge mevrouw. En hoe heette de straat waar je dan kwam, die grote die helemaal tot de Opernplatz liep?

'De Goethestraße,' zei ma. En ik zei, goh, wat weet je dat allemaal nog goed. En herinner je je de ruïne van de opera? Ma zei dat die wel meeviel en dat de opera zeker weer kon worden opgebouwd. En ik zei, ja, en dan kwamen we bij de Palmengarten, dat grote park waar een vijver was waar je kon roeien. Ik roeide de hele dag, ik had het prima naar mijn zin. Er was een palmenhuis, het was groot en helemaal van glas, er heerste een vochtige tropische hitte en er waren palmen, en er was een wensput. Kun je je de speelplaats nog herinneren?

'Ja,' zei ma. Toen sloeg ze haar ogen op en ze keek me aan met die koude, staalgrijze blik waarvoor ik mijn hele leven bang was geweest: 'En weet je nog wat er gebeurde?' Ja, zei ik, ik speelde in het klimrek. Het had de vorm van een vliegtuig. Ik vloog over het water en wilde niet landen voordat ik in Amerika was. 'En?' vroeg ma. Ik antwoordde beschaamd dat zij aan één stuk door op me wachtte en longontsteking kreeg en daar bijna dood aan ging. 'Precies,' zei ma met een gemeen glimlachje. Ik wist dat het nu kwam. Ik was aan het eind van het verhaal gekomen, en ze was niet in slaap gevallen.

Ze was wakker geworden. Het was de andere vrouw in ma die de kop opstak, door haar ogen keek, naar de snoepjes op het nachttafeltje wees en vroeg: 'Wie heeft die snoepjes daar gelegd?' Het was vreselijk, ik kon geen adem halen, mijn borstkas trok zich samen en ik zei: 'Ik.' Ze vroeg: 'Waarom liggen die daar? Doe ze weg!' Ik ging ermee naar de keuken en kwam terug. Ze keek me dreigend aan en vroeg: 'Waar is dat kleine doosje?' 'Welk doosje?' vroeg ik, en zij snauwde: 'Dat kleine doosje met die snoepjes. Waar is dat? Wo, wo?' Toen begreep ik het en zei: 'Ja maar dat heb ik net weggedaan, omdat je zei dat dat moest. De snoepjes waren gesmolten van de warmte in de slaapkamer.' 'Waar is het?' vroeg ze. Haar stem was schel en scherp. Er zat niets anders op dan het op te biechten; ik had het weggegooid. Ze keek me beschuldigend aan. Toen kreeg ze kramp in haar been en schreeuwde. De nacht

ging heen met haar troosten en de katheter vernieu-
wen, omdat ze een andere wilde, hoewel de zak niet
vol was. Ik stonk naar de urine en de kots van mijn
moeder.

De volgende dag had ik niet meer dan tien minuten
achter elkaar geslapen. Ma lag met halfgesloten ogen
en zag eruit alsof ze zodadelijk zou doodgaan. Ik hielp
haar met het innemen van de pillen. Haar keel was
droog, er waren veel pillen, het deed zeer. Ze moest
iets in haar maag hebben, en ik vroeg of ze wat ijs wilde – die deed denken aan het ijs dat je in Lübeck kreeg,
waar ze dol op was. Ze zei: 'Nein! Het Deense ijs is
vol met gore room.' Ze moest haast overgeven bij de
gedachte, nee, de Italiaanse sorbet die je in Duitsland
kreeg, dat was pas ijs! Ik zei dat ik graag sorbetijs voor
haar wilde halen, en zij zei: 'In Dänemark kunnen ze
geen sorbet maken, daar zit ook room in.' Toen wilde
ze een nieuwe katheter hebben. Ik nam de zak, leegde
hem in het toilet en viel in slaap op de vloer.

Ma riep, en ik werd wakker en stormde de slaapkamer in. Ze lag te schreeuwen: 'Het is de zak, het is mijn
blaas!' Ze trok aan de katheter: 'Waar is ie, waar is ie,
geef hem aan me!' Ze rukte het dekbed opzij, spreid-
de haar benen, trok haar onderbroek naar beneden en
toonde me haar geslachtsdeel, waar de katheterslang
eindigde, en zei: 'Hier is ie, hij is hier, hij is warm.'
Ze sperde haar ogen open, de waanzin en kwaadaar-
digheid straalden eruit. Ik bad en smeekte haar om
te stoppen en zei: 'Laat dat, ma, wil je dat alsjeblieft
laten? Er is niets mis. Toe nou.' En zij schreeuwde:
'Nein! Wat verbeeld jij je wel?! Het is mijn zak! Het
is mijn blaas! Jij bent gemeen, een gemene jongen! Du

bist ein böser Junge, nein!' Toen ging ze rechtop in bed zitten, pakte de waterfles en het glas van het nachtkastje en schonk in. Ze dronk het met grote slokken op, schonk opnieuw in en dronk, terwijl ze grimassen naar me trok. Ik kon er niet langer tegen en rende de slaapkamer uit, naar de huiskamer op de benedenverdieping. Ik was bang dat ma achter me aan zou komen met haar slechte been en me zou doodslaan. Ik probeerde de verpleegster van de EHBO te bellen, maar die was in gesprek. Ik vroeg om hulp op het antwoordapparaat en hing op. Vanuit de slaapkamer schreeuwde ma: 'Ohhhhh! Knud! Knud!'

Ik rende naar boven. Het stonk er, en ik wist meteen dat het was gebeurd. Ze lag in bed en leek op een skelet in de foetushouding, krom en gebogen. Ik zette een vinger op de halsslagader. Mijn hand trok zich automatisch met een schok terug, omdat die het ontzettendste aanraakte: een lijk. Ma was een ding geworden en overgenomen door de natuur, die in haar rotte. Haar mond stond wijd open, en haar ogen waren open en zwart en keken me vanuit de verte aan. Ik kon maar niet begrijpen dat ze dood was, en hield haar hand vast en streelde haar wang en haar haar. Ik praatte tegen haar alsof ze nog steeds in leven was, en zei: 'Süße Mutti, ich hab' dich so lieb.' Het was alsof de lippen een beetje bewogen. Ik bracht mijn oor naar haar mond, haar adem rook zoetelijk naar dood. De ontzetting voer door me heen, ze wilde de naam doorgeven die ze van Papa Schneider had gekregen en die aan mij vertellen! Ik hield mijn handen voor mijn oren, wilde het niet horen, schudde het hoofd en keek naar ma. Haar gezicht was een versteende schreeuw.

Er was niets vredigs aan haar dood. Ma stierf gekweld, geteisterd en ongelukkig. Ik belde de politie. De dokter kwam en constateerde rigor mortis. Hij vroeg naar de omstandigheden om er zeker van te zijn dat er geen misdaad had plaatsgevonden. Jazeker wel, zei ik, maar dat was heel lang geleden gebeurd. Toen vulde hij de overlijdensakte in. Hildegard Lydia Voll Romer Jørgensen, zei ik, en ik legde de nadruk op Romer. Ik verzocht hem haar hier een tijdje te laten blijven. Hij knikte en ging weg. De rest van de nacht ging ik bij haar bed zitten waken, terwijl ik met haar praatte en tegen mezelf sprak en wraak zwoer.

De volgende ochtend belde ik het ziekenhuis op. Ik vertelde het aan pa en haalde hem. Hij ging bij ma langs, ik maakte zijn bed op in de logeerkamer, en we gingen aan de eettafel zitten. Ik probeerde zijn hand vast te houden, hem te troosten en met hem te praten, maar er viel niets te troosten en te praten. Hij had niets te zeggen. Op een bepaald moment belde ik de begrafenisondernemer op. 'Naar wie bel je? Wat doe je?' vroeg pa. Ik wist niet wat ik moest zeggen en deed het gewoon zo discreet mogelijk om zijn eeuwige bezwaren te omzeilen. De begrafenisondernemer kwam, gekleed in het zwart.

Zijn handen trilden, hij was zenuwachtig. Hij haalde de presentatiemap met de kisten voor de dag. Ik wees naar de kist zonder kruis. En naar de urnen. Ik koos de eenvoudigste. En naar de overlijdensadvertenties. Ik wilde de grootste hebben, maar pa bedierf alles. Hij zei nee en nogmaals nee, waar was dat goed voor, nu moest ik ophouden. En op het laatst sprak ik af dat ze haar zo laat mogelijk kwamen halen, namelijk om vier uur 's middags.

De rest van de dag bracht ik door samen met pa, die over van alles en nog wat klaagde. De thee was te slap en dan weer te sterk. En waarom had ik de krant meegenomen naar de kamer? Wie had de papieren op tafel verplaatst? 'Niet die borden, wat doen de zilveren messen in de vaatwasmachine?' Nee, ik moest geen eten koken. Nee, hij wilde geen stuk taart. En de begrafenisondernemer kwam klokslag vier en belde aan. Ze zetten de kist in de huiskamer en verzochten ons ons terug te trekken. Pa begon op uiterst zonderlinge wijze te snikken, als een holle doos. Het was niet om aan te horen. Nu droegen ze haar naar beneden.

Er werd op de deur geklopt. Pa en ik gingen naar beneden, naar de huiskamer. Ma lag in de witte kist (die stond waar de kerstboom altijd stond), ik legde haar kussentje onder haar hoofd. Pa begon met zijn stok aan een stofvlok op de vloer te pulken, geïrriteerd. Toen wees hij naar de tafel en vroeg: 'Wat is dat?' Ik begreep het niet en vroeg: wat bedoel je, wat? 'Dat daar,' zei hij, 'dat wat daar ligt, wat is dat, waarom ligt dat daar, wie heeft dat daar gelegd?' Het was een theebuiltje, dat ik op tafel had gelegd. Ik haalde het weg, posteerde me voor de kist en hield pa bij zijn schouders, tot hij vroeg: 'Hoe laat zou het zo langzamerhand zijn? Wanneer komt de dominee?' Ik zei: 'Ja maar pa, ze staan te wachten op een seintje van ons, en dan dragen ze haar het huis uit.' Ik haalde de begrafenisondernemer, die het deksel vastschroefde. De assistent kwam binnen, en ze droegen de kist de lijkwagen in.

Het was middag en de lucht was blauw en wolkeloos. De halvemaan stond aan de hemel, en de begrafenisondernemer maakte een stijve buiging. Ze reden langzaam weg – de zwarte auto met de witte kist – en sloegen de hoek om. Ik keek naar de maan en beloofde mezelf dat ik altijd aan haar zou denken wanneer ik die overdag aan de hemel zag staan.

We gingen naar binnen. Er hing een lijklucht in het hele huis. Ik deed de gordijnen open en opende ramen en deuren om de kamers te luchten. Pa protesteerde. Ik vroeg hem om tenminste een paar minuten wat frisse lucht binnen te laten, maar hij wilde dat niet hebben en werd razend. Toen het ergste weg was, deed ik alles weer dicht. We gingen zitten. Ik vroeg naar de overlijdensadvertentie. Pa zei dat ma's overlijden niemand iets aanging. Ik probeerde hem aan het verstand te brengen dat het anders was alsof zij nooit had bestaan en levend noch dood was, en dat het allemaal nooit was gebeurd. Hij schudde misprijzend het hoofd.

Pa had altijd nee gezegd wanneer ik iets wilde, en nu was hij ertegen dat ik een overlijdensadvertentie plaatste en 'onze geliefde' schreef. Hij wilde niet hebben dat ik het woord 'geliefde' of 'lieve' gebruikte. Wat een onzin, zei hij. En ik maakte kladversies van overlijdensadvertenties voor hem met niets anders dan kale feiten. Ik toonde hem die en zei: 'Moet je kijken, pa, is dat wat je wil hebben? Ze is niemand en niets, ze is een ding, een paar getallen. Het is alsof ze zonder iemand of iets is overleden.' Maar hij zei nee, waar was dat allemaal goed voor. Ik kon wel janken.

Ten slotte gaf ik het op en deed het voor mezelf zonder hem om toestemming te vragen. Ik dacht heel lang na over wat ik moest schrijven. Wat moest er staan? Ik eindigde met drie woordjes onder haar naam, geboortedatum en datum van overlijden, die alles behelsden: 'O süßes Lied'. Dat kwam uit Rilkes 'Liebeslied'. Het gaat erover dat de strijkstok twee snaren tot één toon verzamelt op de viool. Wij waren één in de onschuldigste, zinloze, pure muziek. Het was zo helder als een venster met een rouwrand. Ik reed naar de begrafenisondernemer toe en nam het met hem door om er zeker van te zijn dat hij geen fouten zou maken. Ik zou in elkaar klappen als er iets fout ging. Ik maakte hem attent op de Duitse letter ß, de allerbelangrijkste en moeilijkste letter. Ik zei dat het een Duitse sz was. Of hij wist wat dat was? Hij knikte, en ik herhaalde het. Wist hij het zeker? Hij knikte en ik zei het keer op keer, tot er geen misverstand meer mogelijk was.

Toen de krant kwam, *Berlingske Tidende*, holde ik naar de hal om hem te halen. Ik bladerde door naar de overlijdensadvertenties. Daar was het, ma's 'O süßes Lied' – maar er stond 'O Sübes Lied'. Het was geschreven met een hoofdletter s en gespeld met een b. Hij had blijkbaar niet geluisterd naar wat ik hem zei, hij wist niet wat een ß was. Het duizelde me. Alles was bij voorbaat en voor altijd vergeefs, het zou nooit en te nimmer goed komen.

Er kon geen sprake zijn van dat Duitse gezang, zei de dominee. En 'Ik ken een tuin zo heerlijk' was geen kerkelijk gezang. Ik moest met de koster praten om een piano bij de uitvaart te krijgen, maar hij had daar zo zijn twijfels over, omdat die moest worden verplaatst en daarna worden gestemd. Dat kostte vijfhonderd kroon. De kerk was leeg, en alle gezangen werden te snel gespeeld om het achter de rug te hebben. En de dominee zei het niet, Romer, hoewel ik hem daarom had verzocht: 'En Hildegard... Jørgensen maakte de gruwelen van de oorlog mee, en Hildegard... Jørgensen kwam in 1950 naar Denemarken.'

Er werd halfstok gevlagd met de Deense vlag bij de Kloosterkerk. De begrafenisondernemer wachtte bij de uitgang en overhandigde me een envelop met kaartjes van de bloemen. Ze waren allemaal van mezelf. Toen zeulde ik pa mee naar de auto. Ik hield een paraplu voor hem op omdat het regende. Hij zei: 'Wat doe je?' en 'Hou toch op!' We reden naar het kerkhof terwijl pa klaagde: 'Kijk toch uit, niet die kant op. Wat is dat voor een manier van rijden? Zeg hé, waar wil je eigenlijk naartoe?' Ik reed de route langs de zee-engte. We stonden bij het Oosterkerkhof en begaven ons naar het graf, waar mijn opa en oma van vaderskant lagen. De koster stopte ma's urn in de grond, en er kwam aarde bovenop.

Pa wilde geen grafsteen hebben. Het ging niemand wat aan. En waarom moesten ze weten wie hier lag? Ze moesten zich met hun eigen zaken bemoeien. Er was niets. Alleen het zwarte en witte grind – en een bordje met een nummer. Toen we thuiskwamen, zette ik koffie en haalde de kopjes voor de dag in de eetkamer. We zeiden niets, ik zette mijn handen voor mijn gezicht en barstte in tranen uit. Ik huilde aan één stuk door over ma en pa en alles wat er was gebeurd. Het oneindige verlies van het liefste dat je hebt. En toen was het voorbij.

Ik ging naar mijn kamer en opende de la. Het lag er allemaal nog: schelpen, zee-egels, oude boterhammen met ham, donderstenen en knikkers. Ik zocht naar de granaatsplinters die ik van oom Helmut had gekregen. Stukje voor stukje voegde ik die samen, tot ik met een Russische handgranaat zat – precies zoals hij had gezegd. Ik stopte er alles in wat ik in me had: het verdriet, de wanhoop, de razernij. Ik deed er het ontstekingsmiddel in en liep de brug op, Højbroen, en keek voor het laatst over Nykøbing uit. Toen trok ik de pin eruit en keilde die zo ver weg als ik kon, sloot mijn ogen en stak een vinger in beide oren.

Noten

1, pag. 94/95

Halle (Saale), 4.9.1946
Aan de Districtscommissaris van District Wanzleben
in Wanzleben

Mevrouw Hildegard Voll was de bruid van mijn zoon
Horst Heilmann; mijn zoon werd geëxecuteerd op
22.12.1942 wegens actieve deelname aan de verzetsgroep Schulze-Boysen. Mevrouw Voll was zelf ook politiek nauw verbonden met mijn zoon Horst en Schulze-Boysen, die de docent was van het paar aan de universiteit. Mevrouw Voll dient daarom krachtig te worden gesteund bij haar pogingen om de inboedel van de
familie dr. Schneider terug te krijgen, die inmiddels is
vrijgegeven na de beslaglegging.
   Ik verzoek U mevrouw Voll op alle denkbare wijzen
te steunen.
   Dr.techn. Adolf Heilmann
   Bouwkundig gemeenteambtenaar

2, pag. 160

'Lief Christuskind! Ik ben de kleine Hilde Voll en
woon in Kleinwanzleben. Ik wens een poppenwagen

en noten, appels en peperkoeken maar ook een kerstboom waar we omheen kunnen staan met Kerstmis
en o, *du fröhliche* zingen dat wordt heel fijn. Maar ik
weet helemaal niet waar ik mijn huiswerk moet maken dus ik wens ook een lessenaar. Maar om te boet-
seren wens ik ook een doosje boetseerklei. Mijn bed-
kleedje is helemaal versleten zou ik een nieuw kunnen krijgen? En een kooktoestelletje. En een boek om
in te lezen. En een nieuwe step.'